G.-H. [illegible]

LÉGENDES CAMBODGIENNES

que m'a contées

le Gouverneur KHIEU

[illegible]

ÉDITIONS BOSSARD, PARIS

A ma femme
Compagne de mes longues randonnées
au Cambodge.

មេស្រុក

LÉGENDES
CAMBODGIENNES

G.-H. MONOD

LÉGENDES CAMBODGIENNES

que m'a contées le Gouverneur KHIEU

Ornées de reproduction de sceaux cambodgiens
et de frontispices et culs-de-lampe.

ÉDITIONS BOSSARD
43, Rue Madame, 43
PARIS
1922

INTRODUCTION

> Les peuples sont comme le rossignol de la chanson ; ils chantent bien tant qu'ils ont le cœur gai.
>
> (ANATOLE FRANCE.)

Les coutumes, au Cambodge, sont immuables, parce que toutes reposent sur des légendes extrêmement anciennes qui sont devenues, dans l'esprit des Cambodgiens, l'origine presque sacrée de leurs traditions.

Le Gouverneur Khieu est un homme d'une haute intelligence ; il connaît à fond la littérature cambodgienne ; il en sourit parfois, mais en parle volontiers. C'est un de mes plaisirs d'avoir avec ce Khmèr de longs entretiens, au cours desquels je cherche à sonder, guidé par lui, les profondeurs, mystérieuses pour nous Occidentaux, de la très vieille âme cambodgienne.

Dans le choix des contes que j'offre aujourd'hui, j'ai cherché à varier les genres pour donner une idée générale de la littérature populaire cambodgienne[1]. *Certaines de ces histoires peuvent paraître enfantines, comme « Le Beau-père qui cherche un gendre ». D'autres, comme « Kung le Courageux », montrent une réelle psychologie. Toutes sont amusantes et donnent, sur les mœurs, les coutumes, la mentalité, les idées religieuses cambodgiennes, des renseignements qui me paraissent présenter de l'intérêt. Toutes font ressortir la fertilité de l'imagination khmère, qui se plaît à accumuler les incidents, à compliquer souvent les situations, et à sortir non sans adresse d'intrigues assez difficiles à résoudre, comme dans les aventures d'Alev par exemple.*

Les idées cosmogoniques du Cambodge sont exploitées dans le conte des « Perdrix mâle et femelle ».

Enfin j'ai pensé que la légende décrivant la fondation d'Angkor ne manquerait pas d'intérêt. Les Khmèrs actuels, ne pouvant concevoir l'activité prodigieuse déployée par leurs ancêtres les grands bâtisseurs, ont expliqué par des interventions surnaturelles la cons-

---

1. Le texte de plusieurs de ces contes a été lithographié à Saïgon en 1878 (Textes Khmèrs, *avec traduction sommaire, par Aymonier). Cet ouvrage étant introuvable aujourd'hui, je n'ai pu examiner les variantes qu'il présente avec les textes de Khieu.*

truction de cet immense et admirable monument. Comme leurs autres contes, ils ont animé celui-là par des incidents amusants, et y ont donné libre cours à leur esprit poétique.

Mon intention, dans ces pages, n'est pas de me livrer à un travail savant au sujet des Satra Khmèrs. Je ne crois pas d'ailleurs que l'on puisse désigner un texte authentique de ces contes, qui se sont répétés de bouche en bouche, et qui ont été rédigés par divers copistes avec des variantes parfois importantes. Je me propose de les retracer tels qu'ils m'ont été racontés, m'attachant avant tout à leur conserver, dans la mesure du possible, leur charmante naïveté, la fraîcheur de la langue cambodgienne, les images, souvent infiniment délicates et gracieuses, qu'a su trouver l'esprit artiste des Khmèrs. Je me suis à peine cru permis d'atténuer la netteté des expressions ou la trivialité des plaisanteries qui émaillent ces contes. J'ai seulement tenu la plume pour écrire, sous la dictée du Gouverneur Khieu, la traduction des légendes qu'il me racontait. J'aime trop ces histoires pour avoir jamais osé y ajouter ou en retrancher un seul mot.

LE BEAU-PÈRE
QUI CHOISIT UN GENDRE
APUK KHMEK RUS KON PRASA

LE BEAU-PÈRE
QUI CHOISIT UN GENDRE
APUK KHMEK RUS KON PRASA

On dit qu'autrefois il était un vieux et une vieille qui avaient une fille remarquablement belle. Dans quel pays vivaient-ils ? Je ne sais. C'est une histoire qui s'est transmise de bouche en bouche jusqu'à moi.

Ces deux vieux avaient fait serment qu'ils ne donneraient leur fille qu'à un prétendant qui pourrait s'abstenir absolument de jurer.

Un jeune homme de belle apparence s'en vint un jour demander la main de la jeune fille. Les parents répondirent :

« Oui, nous te la donnerons, ne te mets pas en peine. Tu entreras à notre service et tu nous obéiras [1]. Si tu

---

1. C'est une coutume dans le peuple cambodgien que le prétendant, lorsqu'il est agréé par les parents de la jeune fille, entre à leur service pour quelques mois.

es capable de ne jamais jurer, nous te la donnerons. Nous te posons d'avance nos conditions : ne nous reproche pas ensuite d'être fourbes ! »

Le jeune homme répartit :

« Je puis très bien m'abstenir de jurer. Je suis disposé à faire tout ce que vous voudrez et vous obéirai en tout.

— C'est bien, dit le père, si tu peux éviter de jurer, vas en paix. Demain matin, tu entreras au service de ton beau-père. »

Le lendemain, le vieux fit préparer par sa fille le déjeuner du galant. Lorsque celui-ci se fut restauré, il lui dit :

« Mon gendre, va prendre les buffles et tu iras labourer la rizière. Tu laboureras jusqu'à ce que ces pierres que tu vois en bordure du chemin gémissent. Alors tu dételleras les buffles. »

Le jeune homme alla chercher les buffles, les attela à la charrue et se mit à labourer. Il travailla du lever du jour à midi, mais les pierres ne gémirent point. Les buffles ne voulaient plus marcher, mais les pierres restaient silencieuses. Le garçon avait chaud, avait faim ; il ne put résister, il s'écria :

« Satanées pierres, quand donc gémirez-vous ? »

Il ne prononça que ce seul juron, mais le vieillard, qui était caché derrière les pierres, apparut et dit :

« C'est bon, dételle les buffles et va-t'en chez toi ; je te refuse ma fille ; tu ne peux te retenir de jurer. »

Le jeune homme délia les animaux et se retira fort penaud.

Bientôt après un autre garçon se présenta ; le vieux lui tint le même discours qu'à son prédécesseur. Mais cette fois le jeune homme eut plus de malice ; il alla labourer la rizière, emportant avec lui un paquet de riz. Lorsqu'il eut labouré jusqu'à ce que le soleil fut haut dans sa course, il arrêta les buffles, mangea, et se remit à l'ouvrage.

A midi passé, les pierres n'avaient pas encore gémi. Les buffles étaient exténués et ne pouvaient plus marcher. Arrivé près des pierres, il dit :

« Chères pierres, gémissez. Les buffles n'en peuvent plus, ayez pitié d'eux. Il ne s'agit pas de moi, j'ai de quoi manger ; je puis sans peine labourer jusqu'à la nuit. Mais ces buffles, ayez-en compassion ; ce sont des animaux, et ils appartiennent à mon beau-père ! »

Toutes ses supplications ne firent pas gémir les pierres. Mais il se garda de jurer, car il se doutait que le vieillard l'écoutait en cachette. Longtemps, il implora les pierres. Enfin, le père vit ses buffles à bout de force ; il en eut pitié parce qu'ils lui appartenaient : il se mit à gémir derrière les rochers. Aussitôt, le jeune homme détela les bêtes et vint à la maison de son beau-père, qui lui fit préparer à dîner par sa fille. A la tombée du jour, le beau-père le congédia :

2

« Mon cher enfant, rentre chez toi. Demain matin tu reviendras. »

Le jeune homme prit congé et retourna chez lui. Mais lorsque la nuit fut tout à fait tombée, il revint à pas de loup se poster sous la maison[1] du vieux pour écouter ce qu'il dirait à sa femme.

Or, voici ce qu'il entendit :

« Celui-là sait s'abstenir de jurer ; mais il a un mauvais physique. Il ne convient pas pour notre fille. Faisons donc en sorte de le mettre en colère et de l'amener à jurer pour pouvoir la lui refuser. »

La femme répondit :

« C'est facile. Tu te mettras dans un sac ; dans un autre nous mettrons du riz. Demain matin, je lui dirai que tu es allé couper du bois dans la montagne, et je lui commanderai de porter les deux sacs jusqu'au sommet. La charge sera fort lourde ; il se mettra en colère et jurera. Toi, dans le sac, tu l'entendras : tu pourras alors le congédier. »

Ayant ainsi conversé, les parents de la jeune fille s'endormirent. Le jeune homme avait tout entendu.

Au lever du jour il alla reprendre son service chez ses beaux-parents. La femme lui montra deux sacs liés aux deux bouts d'un fléau et lui dit :

« Mon cher enfant, ton père est allé couper du bois sur la montagne ; il te fait dire de prendre cette

1. Les maisons au Cambodge sont construites sur pilotis.

charge de riz et de le suivre au plus vite. Il est parti à jeun avant le jour. Emporte ces deux sacs, dépêche-toi de monter au sommet de la montagne, et là tu prépareras le déjeuner de ton père. »

Le jeune homme prit la charge et sortit.

Arrivé au pied de la montagne, il commença de monter. Mais la charge était pesante ; il redescendit.

« O mon cher beau-père, il aura bien faim ! disait-il tout haut en marchant, mais je ne puis monter rapidement, c'est tellement lourd. Qui donc pourrait porter une pareille charge jusqu'en haut ? Si cependant mon beau-père n'a pas pitié de moi et qu'il m'injurie, j'accepterai ses reproches sans murmurer ! »

Ce disant il était revenu dans la plaine. Il avisa des herbes très sèches, y déposa son fardeau et s'éloigna. Mais aussitôt il revint sans bruit et mit le feu tout autour de la charge. Le vieux, enfermé dans son sac, était entouré de flammes ; la chaleur arrivait jusqu'à lui ; il tremblait de tous ses membres, épouvanté à la pensée de mourir consumé. Mais il ne pouvait pas sortir.

Le garçon fit semblant de revenir de loin tout courant et s'écria :

« Eh, qui a allumé ce feu qui va brûler mon fardeau ? Comment aller le prendre ? Il est au milieu du brasier ! je ne peux en approcher ! »

Criant ainsi, il se tenait en dehors des flammes. Lorsque le feu atteignit presque les sacs, il se précipita et traîna sa charge hors de l'incendie. Le vieux était couvert de brûlures ; le garçon délia les sacs, il vit son beau-père en piteux état ; il joua la surprise et s'écria :

« Eh, cher père, pourquoi ne m'avoir pas averti ? Il s'en est fallu de peu que vous perdiez la vie dans les flammes, que vous laissiez veuve ma chère belle-mère ! »

Le beau-père se vit joué et fut fort en colère ; mais il ne savait que faire. Il se leva et rentra chez lui clopin-clopant. Pendant tout le jour il resta couché, soignant ses brûlures et les contusions qu'il avait reçues lorsqu'il avait été traîné loin du feu.

Le soir venu, il renvoya le garçon jusqu'au matin. Comme la nuit précédente, le jeune homme vint écouter causer les deux vieux.

« Comment faire, dit le mari, pour congédier ce garnement ? Il est plein de finesse ; mais je ne veux pas lui donner ma fille ! »

Il raconta son aventure ;

« Trouve un moyen de le congédier ! »

La femme répondit :

« Voici : tu feras le maître et lui ordonneras de faire le chien ; tu l'emmèneras chercher des tortues. S'il n'en rapporte pas, ou si, courant à quatre pattes, il ne peut pas te suivre, nous le mettrons à la porte !

— C'est bien pensé, femme ! dit le mari. Dès demain je suivrai ton conseil. »

Le garçon, renseigné, rentra se coucher.

Avant le chant du coq, il prit des tortues et alla les attacher par-ci, par-là, dans les herbes de la plaine où le beau-père avait décidé d'aller chasser.

A l'aurore, il se rendit chez le vieux qui lui dit :

« Mon fils, nous allons chercher des tortues. Seulement nous n'aurons pas de chien. Tu vas le remplacer : tu seras le chien, je serai ton maître. Nous tâcherons de trouver une ou deux tortues et nous reviendrons les manger ici.

— A vos ordres », dit le garçon.

Le père prit une musette de riz, un bambou plein d'eau et sortit ; le jeune homme, à quatre pattes, le suivait en courant Arrivé à la plaine où il avait attaché les tortues, il galopa en avant, entra dans les herbes, détacha sans être vu une tortue et se mit à aboyer. Le vieux se hâta d'approcher ; il vit son gendre qui tenait une tortue entre ses dents. Le chien quêta de droite et de gauche, et rapporta sept ou huit tortues.

A midi, le vieux eut faim ; il ouvrit sa musette et se mit à manger. Le gendre, faisant toujours le chien, aperçut un troupeau de buffles ; il se précipita, mordit les bestiaux aux jambes ; les buffles s'enfuirent dans les champs de riz mûr. Le vieux courut faire sortir chien et buffles des récoltes. Lestement, le garçon vint manger toutes les provisions de son beau-père. Celui-ci, à son retour, ne trouva plus rien ;

furieux, il voulut frapper le chien, mais il était trop fatigué pour l'atteindre. Il avait faim, la route était longue. Il s'efforçait de marcher l'estomac creux. Il ne pouvait s'en prendre à son gendre, puisqu'il était chien. Arrivé chez lui, il mangea et renvoya le jeune homme.

Cette nuit-là, de sa cachette habituelle, le gars entendit le vieux raconter tout ce qui s'était passé à sa femme, qui lui dit :

« Il t'a joué étant le chien. Demain fais le contraire : c'est toi qui seras le chien et lui le maître. Tu lui rendras la pareille. »

Le matin, le garçon, instruit de ce qu'il devait faire, prit l'eau et le riz et partit suivi du vieux qui trottait à quatre pattes. Le jeune homme marchait vite pour que son beau-père ne puisse le suivre. Bientôt il s'écria :

« Qu'est-ce donc que ce chien ? Il est toujours derrière. Comment trouvera-t-il ainsi des tortues ? »

Il frappa le chien pour le faire marcher en avant. Mais le vieux ne pouvait courir dans les herbes. Il se traînait toujours suivant le sentier derrière son gendre ; il ne trouvait point de tortues. Le garçon le rossa à lui faire perdre la respiration. Mais le vieux, tout honteux, n'osait rien dire.

A midi, le garçon s'arrêta pour manger.

Il s'écria :

« Qu'est-ce que c'est que ce chien qui ne sait pas

trouver de tortues ? qui marche toujours derrière son maître ? Il ne sait que manger et dormir ! »

Le garçon avala le riz et la viande, ne jetant au vieux que les os qu'il ne pouvait pas même ronger, car il n'avait plus de dents. Le beau-père, assis, affamé, regardait manger son gendre. Quand le repas fut fini, le garçon donna au vieux un coup de rotin et dit :

« Allons ! rentrons à la maison. Il n'y a rien à faire avec un chien pareil ! » Et il se mit en route.

Le vieux, exténué, ne pouvait plus suivre à quatre pattes. Il se remit debout et marcha tout honteux derrière.

En arrivant le garçon dit :

« Mère, nous n'avons point de tortues. Le chien ne vaut rien ! »

Il prit congé et s'en retourna chez lui.

Lorsqu'ils furent rentrés dans leur chambre, le vieux et la vieille s'entretinrent des événements de la journée. Le vieux raconta comment il avait été maltraité et privé de nourriture. La vieille dit :

« Nous ne pouvons lui donner notre fille. Et nous ne réussissons pas à le congédier !

— Il est laid, dit le vieux ; il ne peut convenir à notre jolie fille ! Mais tous mes efforts pour le mettre en colère et le forcer à jurer sont stériles ! Imagine quelque chose qu'il ne puisse accomplir, qui lui fasse perdre patience et nous donne un prétexte pour le renvoyer !

— Voici, dit la femme. Avant le jour, tu mangeras, tu chiqueras ton bétel, et tu te cacheras dans ce panier. Dans un autre nous mettrons du sel. Quand ce mauvais sujet viendra, je lui dirai que tu es allé faire des achats au marché et qu'il doit te rejoindre avant midi. Le marché est trop loin pour qu'il puisse arriver à temps. En chemin, fatigué de sa charge et se croyant seul, il jurera sûrement. »

— Tu as raison, » dit le vieux, et ils s'endormirent.

Le garçon, comme de coutume, avait surpris leurs projets.

Quand il se présenta le matin chez ses beaux-parents, la vieille lui donna la lourde charge à porter et lui fit les recommandations convenues.

Le jeune homme se mit en route, pensant :

« Cette fois, il faut que je fasse en sorte qu'on me donne la fille. J'en ai assez de ces épreuves ! »

Arrivé à moitié route, il posa sa charge et dit :

« Le couvercle de ce panier est bien mal attaché ! »

Il prit une corde, enferma solidement son beau-père ; puis il se remit à marcher. Il atteignit une rivière que franchissait un pont de bois. Il posa ses deux paniers tout au bord du pont ; un rien suffisait à les faire tomber.

« Malheureux que je suis ! s'écria-t-il, l'heure avance ! Mon cher beau-père va être en colère ! Mais ma charge est si lourde ! Comment pourrai-je arriver à temps ? Il faut que je me repose un instant sous ces arbres là-bas, puis je me remettrai en route ! »

Il dit et s'éloigna. Il choisit une grosse bûche et revint vers le pont, imitant avec le morceau de bois la démarche pesante d'un éléphant ; déguisant sa voix, il se mit à crier :

« Qui a posé cette charge au milieu du pont ? Mon éléphant va l'écraser ! Vite qu'on l'enlève. »

Tout en parlant il frappait lourdement en cadence le tablier du pont.

Le vieux, enfermé dans son panier, crut que c'était vraiment un éléphant qui venait et qui allait l'écraser. Tout à coup, il sentit un choc. Les deux paniers, comme poussés par le pied de l'éléphant, tombèrent dans l'eau. Le malheureux était suffoqué, tremblait, secouant sa prison, pensant qu'il allait mourir.

Le jeune homme le laissa boire un moment, ayant d'avance attaché les paniers avec un rotin qui les empêchait de s'enfoncer. Puis il fit semblant de venir de loin, criant :

« Eh ! Qui a osé faire passer un éléphant et jeter ma charge dans l'eau ? Misère de moi ! que va dire mon beau-père ? Je suis déjà en retard et voici que tout le sel est mouillé ! »

Comme il retirait la charge de l'eau, il vit l'un des paniers secoué par les tremblements de son beau-père ; il dit :

« Oh ! Les poissons sont déjà entrés ! Hélas ! tout

est trempé ! Je vais ouvrir les paniers et les mettre à sécher. Mais le sel sera fondu ! Bien vite je vais le rapporter à ma belle-mère qui en fera de la saumure pour mon cher beau-père ! »

Ce disant, il ouvrit un des paniers et y trouva son beau-père.

« Oh ! cher père, dit-il, pourquoi n'avez-vous pas crié ? Pourquoi ne m'avez-vous pas fait savoir que vous étiez là dedans ? Voyez comme vous avez risqué d'être noyé. Quelqu'un a conduit ici un éléphant, je ne sais d'où, et la bête vous a poussé dans l'eau avec le pied ! »

Le vieux l'écouta sans mot dire et regagna sa maison dans un silence rageur. Il se sentait berné et à bout d'invention ; il n'osa plus tendre de nouveaux pièges. Il accorda sa fille en mariage au garçon.

Nous avons raconté cette histoire pour qu'elle serve de leçon à ceux qui ont des filles à marier. S'ils veulent leur donner un mari, qu'ils célèbrent le mariage. S'ils ne le veulent pas, qu'ils le disent franchement. Mais qu'ils n'imitent pas les duperies de ce vieux qui voulait choisir un gendre. D'abord, ce n'est pas honnête, et puis ils n'auront jamais le dernier mot avec les amoureux.

ARTIFICES FÉMININS

MEAYEA SREY

ARTIFICES FÉMININS

MEAYEA SREY

DANS les histoires de la plus haute antiquité, il est raconté qu'il y avait un mari et une femme vivant en ménage depuis longtemps. La femme avait un amant qu'elle menait sans cesse coucher dans la maison conjugale.

Un jour le mari s'était absenté pour aller déterrer des tubercules dans la forêt ; à l'heure de la forte chaleur, il entra se reposer dans une construction élevée aux Neakta [1].

Il se trouva que le même jour la femme, affolée d'amour pour son amant, et prise d'un violent désir d'être débarrassée de son mari, alla porter des offrandes aux Neakta ; le mari la voyant entrer fut fort surpris.

1. Sanskrit : Neaktamchara, génies.

« Que vient-elle chercher ici ? » se dit-il.

Il se cacha derrière le dos d'une statue qui représentait un Neakta et attendit en silence.

La femme alluma des baguettes d'encens, et fit cette invocation aux Neakta :

« Je ne veux plus de mon mari. J'en ai pris un autre. Je supplie les Neakta de faire mourir mon mari ; en reconnaissance je leur offrirai un cochon. »

Le mari répondit de sa cachette, en déguisant sa voix :

« Si tu as un amant et que tu veuilles sans peine faire mourir ton mari, retourne chez toi, procure-toi une poule couveuse avec ses œufs, fais-les cuire, et donne-les à manger à ton mari : il mourra. »

La femme, convaincue que cet avis lui avait été réellement donné par le Neakta, s'empressa de rentrer chez elle ; elle acheta une poule couveuse et ses œufs, les fit bouillir dans l'intention de se délivrer de son mari en les lui faisant manger, puis de vivre avec son amant.

Au crépuscule, le mari rentra ; il demanda :

« As-tu quelque chose à me donner à manger ? J'ai grand'faim. »

La femme lui apporta la poule et une marmite de riz. Le mari dévora le tout ; puis il fit le malade, se coucha en gémissant. Sa femme, convaincue que son mari trépassait comme l'avaient annoncé les Neakta, ouvrit la porte, fit entrer son amant, et alla s'étendre avec lui sur la natte.

Tandis que les amoureux se disaient des mignardises, le mari se dressa sur son séant, appela sa femme et lui dit :

« Je tremble de froid ! Va puiser de l'eau ; tu la mettras sur le feu pour me donner un bain. »

L'amant, effrayé en voyant le mari se relever, et n'ayant aucune possibilité de fuir, s'introduisit dans une grande jarre vide qui se trouvait auprès de la natte et s'y cacha en attendant que le mari se soit rendormi.

Le mari avait fort bien vu le manège, mais il ne souffla mot et ne fit semblant de rien. Il cria à sa femme :

« J'ai froid, j'ai froid ! Vite fais chauffer l'eau, je me baignerai ; le bain hâtera l'œuvre de la mort ! »

La femme, entendant son mari appeler la mort, fut tout heureuse de voir ses prières si exactement exaucées.

Quand une grande bassine d'eau fut bouillante, le mari dit à sa femme :

« Va chercher une cruche d'eau froide pour la mélanger avec celle-ci. »

La femme sortit avec une cruche. Aussitôt qu'elle eut disparu, le mari se leva, prit le chaudron qui bouillait sur le feu, et le vida dans la jarre où était blotti l'amant, qui mourut sans un cri. Son coup fait, le mari se recoucha, jouant toujours le malade et gémissant.

La femme revenant vit la tête de son amant émerger de la jarre ; ceci provenait de la crispation de ses muscles ébouillantés. La femme lui dit à voix basse :

« Baisse-toi ! il ne dort pas encore ! »

Son amant ne bougea pas. Elle étendit la main pour le repousser dans la jarre ; une oreille lui resta dans les doigts. Elle comprit que son mari avait fait mourir son amant en l'inondant d'eau bouillante ; mais elle ne dit rien, elle traîna la jarre vers son mari et posa l'eau froide auprès. Le mari ne prit pas le bain ; il dit :

« Je me sens mieux. Allons nous coucher ! »

La femme ne savait comment faire disparaître le cadavre de son amant. Elle pensa :

« Dans ce village se trouvent quatre voleurs qui jour et nuit commettent des larcins dans toutes les maisons. Je vais faire emporter le cadavre par ces maraudeurs qui iront l'abandonner dans la forêt ! »

Elle alla emprunter plusieurs sampot hol [1] et des

1. Le sampot est une bande d'étoffe que les Cambodgiens des deux sexes portent à la façon d'une culotte bouffante. Le sampot hol est en soie à fleurs de couleurs variées.

casaques en soie, et les étendit comme pour les faire sécher autour de sa maison.

Les quatre voleurs virent cet étalage et pensèrent entre eux :

« Comment, cette femme que nous avions crue très pauvre possède de pareilles choses ? A la nuit nous viendrons sans faute la voler. »

Dans la soirée, la femme détacha les étoffes qu'elle avait mises à sécher, les replia et alla les rendre à qui les lui avait prêtées. Puis, avec une longue corde, elle attacha solidement et à tours redoublés le couvercle de la jarre dans laquelle se trouvait le cadavre. Cela fait elle sortit.

Les quatre voleurs voyant la maison vide s'y faufilèrent, fouillèrent tous les recoins, ne trouvèrent rien qui valût la peine d'être volé. Ils cherchèrent à ouvrir la jarre, mais le couvercle était bien attaché. Ils pensèrent :

« Tous les objets précieux sont certainement dans cette jarre. Ne perdons pas de temps à l'ouvrir ici. Emportons-la telle qu'elle est ! »

Ils glissèrent deux bambous sous les cordes, en placèrent les extrémités sur leurs épaules, et emportèrent leur butin dans la forêt.

Quand ils furent très loin du village, ils coupèrent les cordes et découvrirent la jarre. L'un des voleurs, tâtant avec la main, toucha les cheveux du mort. Il s'écria :

« Oh ! c'est plein de soie filée ! »

Le second tâta à son tour ; il rencontra l'oreille arrachée, les yeux, le nez ; il s'écria :

« C'est un cadavre ! »

Le troisième ne voulut pas le croire. Il y mit la main à son tour, toucha la poitrine, reconnut que c'était en effet un mort ; tous quatre s'enfuirent en fureur, se voyant joués par une femme qui leur avait fait emporter à grande fatigue un cadavre. Ils dirent entre eux :

« Nous surveillerons cette femme ; si jamais nous la rencontrons seule, nous la saisirons et nous la rosserons pour la corriger et lui enlever toute envie de nous tromper à nouveau. »

Quelque temps après, la femme se rendait à la rivière pour faire des emplettes, car une jonque-bazar chinoise venait de mouiller à la berge.

Au milieu de sa route, la femme se trouva en présence des quatre voleurs ; ceux-ci, d'un commun accord, se précipitèrent vers elle, l'insulte à la bouche, pour la battre d'importance. Mais elle leur dit :

« Eh quoi, si vous me battez, quel avantage en retirerez-vous ? Accompagnez-moi plutôt : je vais recevoir de l'argent que me doit le batelier chinois. Quand je serai payée, nous partagerons mon argent. »

Les quatre voleurs se rendirent à ces raisons et se mirent en route avec la femme. Elle leur fit ces recommandations :

« Vous resterez tous quatre sur la berge pendant que je descendrai seule sur la jonque [1]. Quand vous me verrez vous faire signe de la main, venez à bord et vous aurez beaucoup d'argent. »

Elle descendit dans la jonque et dit au maître du bateau :

« Les quatre hommes que j'amène avec moi sont des esclaves qui m'appartiennent. Si vous voulez les acquérir, je suis disposée à vous les vendre.

— Je veux bien, dit le Chinois ; combien en demandez-vous ?

— Deux barres d'argent chacun.

— Je vous offre une barre et demie par homme.

— J'accepte, dit la femme. Je remonterai à terre pendant que vous les ferez descendre. Mais faites attention, ils voudront me suivre. Dès qu'ils seront à bord, faites-les enchaîner solidement. »

Le Chinois paya le prix convenu. La femme sortit du rouffle à l'arrière de la jonque et fit signe aux voleurs de descendre en leur montrant l'argent qu'elle

1. Les Cambodgiens disent toujours à l'inverse de nous : descendre à bord d'un bateau, monter à terre. Ceci tient à ce que les berges des cours d'eau cambodgiens, soumis à de très grandes variations de niveau, sont toujours élevées ; on les descend pour s'embarquer.

venait de recevoir. Eux, convaincus qu'elle les appelait pour le partage convenu, descendirent pendant qu'elle disparaissait sous le rouffle. Mais à peine étaient-ils sur le bateau qu'ils furent saisis par les matelots et enchaînés à fond de cale.

Pendant ce temps, la femme, sortant du rouffle par la porte opposée, était remontée à terre et avait disparu.

La nuit surprit la femme alors qu'elle était encore loin de son village. N'osant, par peur du tigre, poursuivre son chemin dans l'obscurité, elle grimpa sur un grand arbre qui se trouvait au bord du chemin, se pelotonna dans les hautes branches et s'endormit.

Les quatre voleurs, enchaînés au fond de la jonque, dirent entre eux :

« Cette femme a vraiment de l'intelligence ! Après nous avoir fait emporter le cadavre dans la forêt, voici qu'elle nous a vendus. Aura-t-elle toujours le dernier mot avec nous ? »

Ils firent des efforts avec une énergie doublée par la colère, brisèrent leurs chaînes, regagnèrent la berge et se sauvèrent dans la nuit.

Le hasard les fit passer au pied de l'arbre sur lequel avait grimpé la femme. A leur tour ils décidèrent d'y monter pour y passer la nuit. Trois d'entre eux s'installèrent sur les maîtresses branches. Le quatrième monta jusqu'au faîte de l'arbre, où il trouva la femme. Bouillant de fureur, il lui dit :

« Ah ! te voilà, misérable ! Cette fois ton compte est bon ; tu vas mourir ! Tu te fais un jeu de nous tromper. Maintenant sauve-toi si tu peux ! »

La femme fit briller son argent aux rayons de la lune et dit tout bas :

« Taisez-vous donc ! Que les trois autres ne sachent pas que je suis ici ! Prenez-moi pour femme ; nous avons de l'argent pour vivre ; je saurai vous en procurer d'autre. Vous aurez plus de bénéfice à me garder comme compagne qu'à me faire du mal ! »

Le voleur ne souffla plus mot ; il se glissa auprès de la femme, l'entoura de ses bras et lui dit :

« Petite sœur, on peut dire que tu as de l'astuce ! Deux fois tu as joué tes frères aînés ! Mais notre destinée nous a marqués pour être mari et femme. A nous deux nous n'aurons pas de peine à vivre aux dépens d'autrui. »

Parlant ainsi il la couvrait de baisers. Elle se laissait faire sans protester. Puis elle lui dit d'un ton chagrin :

« J'ai peur que vous ne m'aimiez pas sincèrement. Moi je vous aime de tout cœur.

— Ton frère aîné t'aime véritablement. Tu ne connais pas le cœur de ton frère. Veux-tu que je m'engage par un serment ? Que veux-tu que je fasse pour te prouver mon amour ?

— Si vous m'aimez au point que nous n'ayons qu'un seul cœur, nous allons nous embrasser la langue ! »

Elle tira la langue la première et se pencha vers le voleur qui l'embrassa. Le voleur fit de même à son tour, mais la femme, s'approchant comme pour l'embrasser, saisit entre ses dents la langue de son amoureux, la mordit de toutes ses forces, au point de la déchirer ; puis elle le poussa des deux mains ; il tomba du haut de l'arbre sur le sol en poussant des cris inarticulés.

Les trois autres voleurs, entendant ce tapage, s'imaginèrent que le Chinois de la jonque s'était mis à leur poursuite avec ses gens ; ils sautèrent de l'arbre, criant :

« Alerte ! Sauvons-nous ! Le Chinois nous poursuit ! »

Celui qui avait la langue déchirée les appela, disant :

« La femme est sur l'arbre ! Venez l'attraper ! »

Mais sa langue était coupée ; ses paroles étaient inintelligibles. Ses compagnons, ne comprenant pas ce qu'il disait, crurent entendre parler chinois ; ils ne songèrent qu'à sauver leur vie et s'enfuirent dans la forêt.

La femme descendit alors de l'arbre, serrant son argent dans son écharpe ; elle l'apporta à son mari et vécut paisiblement avec lui par la suite.

HISTOIRE D'ALEV

RUONG ALEV

HISTOIRE D'ALEV

RUONG ALEV

IL y avait autrefois un homme appelé Ngeh ; sa femme s'appelait Ngoh ; ils avaient un fils qui s'appelait Alev.

A l'âge de sept ans, cet enfant, qui était plein d'intelligence, se rendit compte de la simplicité de ses parents qui n'avaient aucune idée pour améliorer leur sort et vivaient dans une grande misère. Il leur dit :

« Si nous sommes si pauvres, c'est parce que nous n'exerçons aucun métier, nous ne travaillons pas comme les autres. A la saison des pluies, faisons des rizières ; en saison sèche, cultivons un jardin. Moi j'irai travailler aux champs avec mon père. S'il a besoin de nourriture, d'arec, de bétel, ou de quoi que ce soit, je viendrai à la maison chercher ce qu'il faudra et le rapporterai. »

Les parents approuvèrent cette proposition. Au jour Ngeh se rendit aux rizières avec l'enfant.

Quand il fut resté un certain temps aux champs, Alev fut pris du désir de manger des gâteaux.

« Pour cela, se dit-il, il faut que je trompe mes parents ! »

Il dit à Ngeh :

« Père, je vais à la maison chercher de l'arec et du bétel.

— Vas-y », répondit Ngeh.

Alev s'en fut. A moitié route, il entra dans une pagode, se prosterna devant les bonzes et les pria de lui raser la tête. Puis il prit congé et se dirigea vers la case de ses parents. Il couvrit sa tête de son écharpe, et entra en faisant semblant de pleurer. Sa mère, le voyant sangloter, lui demanda :

« Mon petit, pourquoi pleures-tu ainsi ? »

Alevre doubla ses sanglots. Sa mère se jeta sur lui, le prit dans ses bras, enleva l'écharpe qui lui couvrait le visage, et vit sa tête rasée. Elle fut saisie d'inquiétude.

« Pourquoi, mon enfant, ta tête est-elle rasée ainsi ? Quelle est la cause de tes larmes ?

— O ma mère, mon père est mort ! »

Neang [1] Ngoh éclata en pleurs et en gémissements,

1. Neang — Appellatif des femmes. En cambodgien, on ne dit pas le nom d'une personne sans le faire précéder d'un appellatif : A pour les petits garçons, Me pour les petites filles, Chau pour les hommes, Neang pour les femmes, Neak pour les personnes de qualité, etc...

se rappelant avec désespoir combien douce avait été sa vie depuis qu'elle s'était unie à son mari.

« Mère, dit Alev, ne vous désespérez pas ainsi ! Si vous ne faites que pleurer, comment préparerez-vous la cérémonie de mon père ?

— Ton père a-t-il déjà été enterré ? demanda-t-elle.

— J'ai chargé les gens du voisinage de préparer l'inhumation avec pompe. »

Neang Ngoh se mit en toute hâte à préparer des gâteaux, des pâtisseries, et dit à son fils :

« O mon petit, prends toutes ces sucreries et va faire les offrandes sur la tombe de ton père. Je n'ai pas la force d'y aller moi-même ! Si j'allais avec toi, si je voyais la rizière que ton père a mise en culture, l'endroit où on l'a mis, la tombe qu'on lui a faite, ma douleur serait trop amère ! Va, mon enfant, va sans moi ! »

Alev se réjouit parce que sa ruse avait si bien réussi. Il se hâta de préparer sa charge dans deux paniers attachés aux deux extrémités d'un bambou qu'il plaça sur son épaule et s'éloigna.

Arrivé à moitié chemin, il déposa sa charge, s'assit à l'ombre d'un manguier, et se mit à dévorer les gâteaux. Lorsqu'il en fut rassasié, il en restait encore. Il remit ce reste dans les paniers pour l'apporter à son père.

En approchant de la cabane de Ngeh, il fit de nouveau semblant de pleurer. Son père le voyant dans les larmes, voyant sa tête fraîchement rasée, l'interrogea :

« Qu'y a-t-il, mon petit ? pourquoi pleurer ainsi ? pourquoi tes cheveux sont-ils rasés ?

— Oh ! mon père, ma mère est morte ! C'est pour son deuil que ma tête est rasée. Nos parents, nos voisins, ont fait les cérémonies de l'ensevelissement, ont fait les offrandes de gâteaux. J'en ai apporté pour que mon père ait sa part. »

Ngeh, qui était un homme simple et facile à tromper, crut son fils et pleura de compassion sur sa femme.

« Oh ! mon fils, désormais ton père ne retournera jamais dans son village bâti au bord du fleuve ! Ton père ne quittera plus ces rizières ! Il ne veut plus revoir les lieux où il vécut heureux avec ta mère. »

Alev, enchanté d'avoir si bien fait tomber ses parents dans le piège, se réjouit dans son cœur.

Au bout de quelques jours, Alev dit à Ngeh :

« Cher père, nous voici tous deux seuls ; notre existence est pénible. Personne ne s'occupe de préparer notre nourriture ; personne ne nous tisse des vêtements. Vous devriez prendre femme, dans le seul but d'avoir quelqu'un qui fasse nos aliments, qui puise l'eau, qui décortique le riz. Nous ne serions plus aussi misérables ! »

Ngeh répondit :

« Hélas ! mon petit, il n'y a pas un mois que ta mère est morte, et tu m'engages déjà à me remarier ! Tu n'as pas de regrets de ta mère ? Ne me mépriserait-on pas ? On dirait : sa femme est morte depuis quelques jours à peine, et déjà il veut se remarier ! J'aurais honte ! Je ne veux pas prendre une autre femme. »

Mais Alev ne faisait que supplier son père sans cesse.

Un jour Ngeh revenait exténué de la rizière. Alev lui dit :

« Mon père, vous êtes à bout de forces, parce que vous n'avez pas de femme pour vous seconder et soutenir vos efforts. Souvenez-vous des préceptes ; nos ancêtres nous ont enseigné : si un homme n'a pas de femme, quand il va à la forêt, il néglige la maison ; s'il s'occupe à la maison, il néglige les travaux extérieurs. Comment aurez-vous de quoi nous nourrir ? Vos seules forces n'y suffisent pas.

— Et qui donc, répond Ngeh, irait demander pour ton père la main d'une femme ?

— Ne vous mettez pas en peine, mon père. Je me charge d'aller chercher une femme pour vous. Occupez-vous seulement de notre maison.

— Fais comme tu l'entendras », repondit Ngeh.

Alev fit aussitôt ses préparatifs, et se rendit auprès de neang Ngoh sa mère. Il demeura auprès d'elle deux ou trois jours, puis il lui dit :

« Ma chère mère, nous voici seuls tous deux. Moi je

ne suis qu'un enfant, je ne suis pas capable de pourvoir à nos besoins. Vous, vous êtes une femme, une veuve. Je connais un homme qui voudrait vous épouser. Prenez-le pour mari, à seule fin qu'il prenne soin de nous, qu'il allège notre misère. »

Neang Ngoh répondit :

« Mon enfant, il n'y a que quelques jours que ton père est mort, et tu oses me dire de prendre un autre mari ? Ce n'est pas bien ! De plus tout le monde me tournerait en dérision ; on dirait : qu'est-ce donc que cette femme qui, à peine veuve, songe déjà à se remarier ?

— Ma mère, vous vous préoccupez de ce que diront de vous nos voisins. Est-ce qu'ils se préoccupent de nous venir en aide ? Ils ont de l'argent ; subviennent-ils à nos besoins ?

« Lorsque j'étais aux rizières, j'y ai rencontré un homme qui ressemblait exactement à mon père. Il m'aimait comme son propre fils. Il m'a demandé : As-tu tes parents ? Je lui ai répondu : J'ai perdu mon père ; je n'ai plus que ma mère. Il m'a dit : Je voudrais épouser ta mère. Mais y consentirait-elle ? Si elle m'accepte, notre mariage sera célébré selon les règles qui nous ont été enseignées par nos ancêtres. Si elle me repousse, je ne sais comment elle pourra subvenir à vos besoins à tous deux. »

Alev insista, supplia tant et si bien que neang Ngoh finit par lui dire :

« Fais comme tu l'entendras ! »

Alev se réjouit dans son cœur et se dit : « Je vais à nouveau manger des gâteaux ! » Il fit diligence pour orner la maison, et dit à sa mère :

« L'homme dont je vous parle veut faire ce mariage sans retard. Je vais par la campagne chercher des poules, des canards, des fruits, des légumes ; puis j'irai avertir celui qui veut vous épouser de faire tous les apprêts du mariage. »

Alev s'en alla aux rizières, et dit à Ngeh :

« Mon père, j'ai demandé pour vous la main d'une femme. Elle a le visage, les yeux, la taille, la voix, le teint qu'avait ma mère. Je l'ai déjà installée dans notre maison. Préparez donc sans retard tout ce qu'il faut pour le mariage. »

Ngeh courut chez ses voisins, les pria de l'aider à préparer des mets, des gâteaux, des sucreries ; il acheta des viandes, des poules, des canards, des légumes de toutes sortes, des fruits. Alev ne faisait que manger des friandises tout le jour. Il dit à Ngeh :

« La femme que j'ai demandée pour vous ne consent à célébrer le mariage que de nuit. De jour, elle ne veut pas vous épouser. »

Ngeh, dans sa sottise, acceptait tout ce que proposait Alev. Il prit ses dispositions pour célébrer le mariage la nuit.

Le soir venu, il pria ses voisins de l'aider à transporter ce qui avait été préparé pour la cérémonie.

On fit cuire le riz, des mets variés ; les uns apportèrent des fruits, d'autres des friandises de toutes sortes, et allèrent les présenter à l'épousée selon la coutume.

Neang Ngoh de son côté s'était fait aider par ses voisines pour faire les préparatifs d'usage.

Alev ne songeait qu'à manger à satiété des gâteaux.

Neang Ngoh, entendant la voix de celui qui approchait, mais ne voyant pas dans la nuit son visage, était remplie d'étonnement.

« C'est exactement la voix de mon Ngeh aimé ! » pensait-elle.

L'étonnement de Ngeh n'était pas moindre. Il pensait :

« La voix de ma fiancée est semblable à celle de ma douce neang Ngoh ! »

Il pénétra dans la maison, vit la femme qui l'attendait.

« Mais elle est toute pareille à neang Ngoh, ma femme ! » s'écria-t-il.

— Mais il est tout pareil à Ngeh, mon mari ! dit-elle.

— C'est Ngeh !

— Ce n'est pas Ngeh !

— C'est Ngoh !

— Ce n'est pas Ngoh !

criaient les parents, les voisins.

Cependant Ngeh et Ngoh s'examinaient mutuellement ; ils se rendirent compte qu'Alev les avait joués et se sauvèrent tout honteux. Alev se voyant découvert alla se cacher. Dès le lever du jour il se rendit dans une pagode où il implora l'hospitalité.

Ngeh et Ngoh reprirent leur vie commune.

Alev étudiait avec zèle à la pagode. Un beau jour, il se dit :

« Je vais tromper quelque bonze qui ait beaucoup d'argent, lui en soutirer, et l'apporter à mes parents. »

Il s'en vint auprès d'un jeune bonze qui était fort beau et lui dit en secret :

« Seigneur bonze, une femme vous aime ; c'est une jeune fille d'une extrême beauté. »

Le jeune bonze, entendant ces paroles, eut le cœur heureux et fut saisi de désir. Il répondit :

« S'il est certain que tu me dises la vérité, je te donnerai un bat d'argent.

— Seigneur, attendez jusqu'à ce soir. Quand la nuit sera noire, je vous conduirai dans un lieu que je vous montrerai ; puis j'y amènerai la jeune fille. »

Alev quitta la cellule du bonze et se rendit au village voisin. Il va trouver un jeune marchand chinois et lui dit :

« Chinois, aimerais-tu que je te procure une jeune fille charmante ?

— Certes oui !

— Si tu la désires, combien m'offres-tu d'argent pour te la faire avoir ?

— Je te donnerai un bat d'argent.

— C'est bien peu ! Si tu me donnes deux bat, je te ferai avoir une jeune fille de la plus grande beauté et d'une extrême blancheur.

— C'est convenu.

— Eh bien, attends qu'il fasse nuit ; je te conduirai auprès d'elle. »

Alev retourna à la pagode. Lorsque le jour eut baissé au point que deux personnes se regardant ne puissent se reconnaître, Alev mena le bonze dans une cabane isolée et lui recommanda :

« Quand j'amènerai la jeune fille, couvrez avec le plus grand soin votre tête avec votre robe, pour qu'elle ne reconnaisse pas à votre crâne rasé que vous êtes bonze, car alors elle n'oserait vous approcher. »

Ayant dit, Alev vint à la maison du Chinois et appela celui-ci pour lui parler secrètement :

« J'ai amené près d'ici la jeune fille dont je t'ai parlé ; je vais te conduire auprès d'elle. Mais aies bien soin, avant d'entrer, de couvrir complètement ta tête avec une écharpe, car si elle voyait la façon dont tes cheveux sont rasés, ta tresse, tes pommettes saillantes, elle reconnaîtrait que tu es un Chinois et te repousserait. »

Il accompagna le Chinois jusqu'auprès de la cabane dans laquelle attendait le bonze.

« La jeune fille est là, murmura-t-il. Paye-moi la somme convenue ! »

Le Chinois se pencha à l'entrée de la cabane ; il vit le bonze assis, la tête drapée dans sa robe ; il n'eut pas de doute que ce ne fût une jeune fille ; il remit deux bat à Alev, qui les serra dans sa ceinture, s'esquiva au plus vite et rentra à la pagode.

Le bonze et le Chinois, restés ensemble dans la cabane, croyaient chacun se trouver avec une femme ; mais ils ne tardèrent pas à s'apercevoir qu'Alev les avait joués ; tout honteux ils se séparèrent.

Alev attendait le bonze dans sa cellule ; quand il le vit entrer, il lui réclama la somme promise.

« Tu m'as trompé et tu oses me réclamer de l'argent ! Certes tu ne recevras rien de moi !

— Si vous ne me donnez pas mon argent, Seigneur bonze, je dévoilerai au Seigneur guru votre tentative incontinente ; je vous dénoncerai à tous les habitants du village et des environs ; vous serez couvert de honte et méprisé de tous. De plus le tribunal ecclésiastique vous fera passer en jugement. Il sera publiquement exposé que vous m'avez loué pour vous procurer une femme, que mon salaire a été fixé à un bat d'argent, et que vous m'avez refusé ce que vous me deviez alors que j'avais pour ma part rempli mes engagements. Je ne vous laisserai pas de repos. Je vais de ce pas porter plainte auprès du Seigneur guru. »

Le bonze, effrayé des menaces d'Alev, lui donna

immediatement un bat d'argent. Mais Alev ne l'accepta pas. Il dit :

« Quand nous avons convenu de mon salaire, vous m'avez promis un bat d'argent — de l'argent plein le bat dans lequel vous prenez chaque jour votre nourriture[1]. Mesurez-moi un plein bat d'argent ; je l'accepterai en paiement. Si vous ne me remettez cette quantité d'argent, je vais rendre compte au Seigneur guru de notre différend. Il vous chassera ignominieusement de la pagode. Et je porterai plainte devant le tribunal ecclésiastique, vous serez jugé ; vous recevrez la bastonnade sur la tête, puis vous serez réduit à l'état d'esclave de la couronne, vous serez employé à recueillir de vos mains le fourrage des éléphants. »

Le bonze, épouvanté, supplia Alev :

« Laissez-moi aller chercher de l'argent ; ne dites rien au Seigneur guru ; ne portez pas plainte devant le tribunal ecclésiastique ; je vais m'efforcer de réunir de l'argent, je vendrai jusqu'à mes vêtements de bonze pour parfaire la somme !

— Allons, dit Alev, donnez-moi seulement autant d'argent que je pourrai en porter pour aller chez mes parents, et je vous tiens quitte ! »

---

1. Il y a ici un jeu de mots : un bat d'argent est le nom d'une ancienne monnaie cambodgienne. Ce mot est encore usité au Siam pour désigner le tical. Bat est aussi le nom de la marmite dans laquelle les bonzes reçoivent les aliments qui leur sont donnés par les fidèles. Le bonze avait promis à Alev une pièce d'un bat. Alev lui réclame une pleine marmite d'argent : un bat plein d'argent.

Le bonze, tout heureux, remplit d'argent une musette, et le supplia de ne pas le dénoncer.

« Aie pitié de moi, ne ternis pas ma réputation !

— Chassez la crainte de votre cœur, Seigneur bonze, je ne dirai rien à personne. »

Emportant l'argent, il prit congé du bonze.

Alev retourna auprès de ses parents. Près de la maison il rencontra sa mère et lui cria :

« Ma mère, couds une grande bourse !

— Et pourquoi faire coudre une grande bourse ? » demanda neang Ngoh.

Alev lui montra ce qu'il apportait.

Neang Ngoh courut dire à Ngeh qu'Alev apportait une pleine musette d'argent. Ngeh vint aussitôt et, voyant la somme importante que lui donnait son fils, il perdit la rancune qu'il avait conçue contre lui pour l'avoir trompé. Le père et la mère embrassèrent Alev.

« D'où as-tu tant d'argent ? demanda Ngeh. Comment l'as-tu acquis ?

— Quelle difficulté y a-t-il à l'acquérir ? Il suffit d'aller par les villages montrer aux habitants certaine partie de son corps ; tous donnent de l'argent : les uns donnent un bat ; d'autres deux, ou trois, ou davantage. Ainsi il est facile de recueillir beaucoup d'argent. Si vous voulez en faire l'essai, allez au marché. Montrez cette partie de vous-même une fois à chaque passant, et vous obtiendrez plus d'argent que vous ne pourrez en rapporter. »

Ngeh, dans sa sottise, suivit le conseil de son fils. Il se planta devant une maison et fit voir ce qu'Alev lui avait dit de montrer. Les habitants de la maison, indignés, le rouèrent de coups et le chassèrent. Il s'enfuit et recommença son exhibition devant une autre maison où il fut battu comme la première fois. Il prit sa course pour rentrer chez lui.

Alev l'attendait à moitié route. Il vit son père revenir en courant du village. Il se trouva qu'au même moment un Cham venait loin derrière Ngeh par le même chemin, portant une charge de soie à fleurs et de boîtes en argent. Alev cria à Ngeh :

« Attention, père ! Les gens du village vous courent après pour vous battre ! Coupez à travers champs et vous leur échapperez ! »

Ngeh, se retournant, vit un homme le suivant de loin avec un bambou sur l'épaule. Il crut que c'était en effet un homme du village qui le poursuivait ; pris de peur, il se jeta à travers champs comme le lui conseillait Alev.

Celui-ci attendit le Cham avec l'intention de le tromper à son tour. Il lui dit :

« Grand frère, courez aider à l'attraper ! Si vous y arrivez, nous chiquerons ensemble le bétel ! »

Le Cham regarda dans la direction que lui indiquait Alev. Il aperçut un homme qui courait, et supposa qu'il poursuivait quelque daim. Il confia sa charge à Alev et se précipita à la suite de Ngeh. Celui-ci, voyant le Malais qui courait derrière lui, se crut poursuivi et força sa course.

Alev, cependant, porta vivement la charge à sa mère, la lui fit cacher, et se sauva.

Le Cham finit par rejoindre Ngeh ; il comprit qu'il avait été trompé, revint sur ses pas et chercha son bien. Mais Alev avait disparu. Désolé d'avoir perdu sa charge, et ne pouvant s'en prendre à personne, il se mit à la recherche d'Alev.

Alev s'était enfui. Il arriva dans un village extrêmement éloigné, où il rencontra une vieille femme qui, aidée de sa petite fille, chargeait son petit bien sur un sampan pour aller se fixer dans une autre région où habitait sa famille, car la jeune fille était nubile et d'âge à être mariée.

Alev, dont le cœur fut attiré vers la jeune fille, se mit en devoir de les aider à transporter sur la jonque leurs objets. Voyant le bon cœur d'Alev, la vieille lui demanda :

« Jeune homme, où vas-tu ?

— Je demande la permission de vous accompagner, répondit Alev.

— Comment t'appelles-tu ?

— Mon nom est : Mongendre [1], dit Alev. Où que vous vous rendiez, permettez-moi de vous suivre. »

La vieille se réjouit dans son cœur, pensant qu'Alev aiderait à ramer le sampan.

Tout étant disposé à bord du bateau, Alev se mit à l'aviron. La vieille s'assit, pagayant à l'avant. La jeune fille s'installa au milieu ; elle souriait, les yeux fixés tantôt sur sa grand'mère, tantôt sur Alev.

Après avoir ramé un moment, Alev fit semblant d'avoir oublié son coupe-coupe.

« Oh, vieille, dit-il, j'ai laissé mon coupe-coupe sur la berge derrière nous, car toute mon attention était portée sur vos affaires. J'ai oublié ce coupe-coupe qui est un souvenir précieux de mes parents. Permettez-moi de tourner le bateau et d'aller le chercher. »

Il vira de bord et rama vers le point de départ. Quand il l'eut atteint, il dit à la grand'mère :

« Vieille, voulez-vous avoir la bonté de monter sur

---

1. Ici encore il y a un jeu de mots. Alev répond : Je me nomme chau Prâsa : Prâsa veut dire gendre, chau est l'appellatif des hommes — mais désigne aussi les enfants au deuxième degré, chau Prâsa veut donc dire à la fois : le garçon nommé Gendre, et : petit-gendre, comme nous disons : petit-fils, petit-neveu par rapport aux grands-parents ou grands-oncles et grand'tantes. Le jeu de mots étant intraduisible nous avons traduit chau Prâsa par Mon-gendre et nous ferons dans la suite dire à la vieille : ma fille pour : ma petite-fille, l'expression petit-gendre étant inusitée en français.

la berge et de prendre mon couteau. Je l'ai laissé auprès de la souche où nous avions réuni vos paquets. »

Dès qu'elle eut disparu sur la berge, Alev remit le bateau dans le courant avec la plus grande célérité, abandonnant la vieille. Il ramait de toutes ses forces, aidé par le courant.

Quand la grand'mère eut vainement cherché le coupe-coupe, elle revint à la rivière, mais n'y trouva plus le sampan. Explorant du regard le cours d'eau, elle aperçut Alev emmenant le bateau qui déjà avait gagné de la distance. Désespérée, se frappant du poing la poitrine, elle poussait des cris, pleurait, se lamentait. Elle se mit à courir le long de la berge, implorant l'aide des gens qu'elle rencontrait.

« A mon secours ! Voyez là-bas, c'est Mongendre qui enlève ma fille ! A l'aide ! Mongendre a volé ma fille ! Il l'emmène, voyez, secourez-moi ! »

Les riverains entendaient ces plaintes ; ils disaient entre eux :

« Le gendre emmène la fille, nous n'avons pas à nous en mêler ! Le mari peut emmener sa femme si ça lui plaît ! »

Personne ne vint en aide à la vieille. Le sampan avait déjà disparu ; la vieille à bout de souffle s'arrêta. Alors seulement elle expliqua aux riverains :

« Le misérable qui a enlevé ma fille s'appelle Mongendre. Mais il n'est pas le mari de ma fille. Il a volé ma fille, il a volé mes biens ! »

Les riverains comprirent trop tard de quoi il s'agissait. Alev avait déjà gagné une telle avance qu'ils ne pouvaient plus songer à le poursuivre.

Pendant ce temps, Alev ramait toujours. La nuit venue, il cajola de douces paroles la jeune fille.

« Ton frère aîné t'a enlevée parce qu'il a le cœur plein d'amour pour sa petite sœur. Ton frère aîné a le désir de t'épouser. »

Mais elle ne faisait que sangloter et pleurer sa grand'mère avec laquelle elle avait toujours vécu.

« Ma grand'mère me cherche, dit-elle. Elle ne me trouve pas. Ne s'est-elle pas déjà jetée à l'eau et noyée de désespoir ? Que sais-je ? Ou bien dans sa nostalgie de sa petite-fille, elle ne prendra aucune nourriture et mourra. Ramenez-moi vers elle. Si vous ne me ramenez pas vers ma grand'mère, je vais me noyer sous vos yeux. »

Alev aborda dans une forêt solitaire, et dit tendrement :

« Si je vous ai enlevée, c'est par amour, c'est pour que vous soyez ma femme. Si vous vous jetez à l'eau, que me restera-t-il à aimer ?

— Si vous m'aimez, pourquoi n'avez-vous pas demandé ma main selon la coutume ?

— Mon cœur est impatient, ô mon aimée. Comment aurais-je pu faire ma demande selon la coutume et supporter tous les délais qu'elle comporte ? Si encore j'avais été certain que vous me seriez accordée. Mais si j'étais repoussé, qu'aurais-je pu faire ? C'est pour cela que je vous ai enlevée, pour vous conduire au pays de mes parents, de mes ancêtres, et célébrer notre mariage selon la coutume. Mais ne vous affligez pas, mon aimée. Votre frère aîné vous ramènera auprès de votre grand'mère. Cessez d'être attristée ! »

A force de douces paroles, Alev calma le cœur de la jeune fille qui finit par s'endormir à son côté.

Au jour, Alev reprit l'aviron et poursuivit sa route. Il tomba au milieu de cinq cents brigands qui attendaient en embuscade les voyageurs naviguant sur la rivière pour les dévaliser. Ne pouvant les éviter, Alev dirigea son bateau au milieu de leur troupe, et dit au chef des brigands :

« Vous tous, malgré votre grand nombre, vous n'osez piller que les voyageurs isolés qui vont modestement gagner leur vie. Moi, je ne m'attaque pas à si petite proie. Je pille des villes, des royaumes, j'attaque des groupes importants ; à moi seul, je me rends maître de leurs capitales, de leurs provinces. Car je sais des incantations grâce auxquelles les sabres ne me blessent pas, le feu ne me brûle pas, des incantations qui me rendent invulnérable, invincible. Je m'en viens maintenant de piller une ville d'où j'ai enlevé cette jeune fille après avoir mis à sac la cité entière.

Si vous ne me croyez pas, demandez à cette femme ! »

Les brigands, entendant Alev se vanter de la puissance que lui donnaient les formules magiques qu'il possédait, furent pris du désir de s'instruire auprès de lui.

« Puisqu'il en est ainsi, enseignez-nous à tous les incantations. Consentez à être notre maître en formules magiques. Aidez-nous de vos conseils et opérons de concert.

— Si vous êtes disposés à apprendre, je puis vous enseigner mon art, répond Alev La seule difficulté est de trouver un lieu convenable et à l'abri de toute surprise. Cherchons donc une île, éloignée de toute côte ; nous y établirons sans risques un lieu de réunion. »

Alev et les brigands se mirent à la recherche d'un îlot isolé dans la mer. Ils en trouvèrent un qui était bordé d'une belle plage de sable. Alev aborda et chercha un endroit approprié, caché aux vues du point où était amarré leur bateau. Il réunit les brigands et leur dit :

« Maintenant, si vous voulez que je vous enseigne des formules qui vous donneront une puissance illimitée, il est indispensable que, quand je vous commanderai de faire une chose, vous la fassiez aussitôt avec un parfait ensemble. C'est à cette seule condition que mes incantations auront leur vertu. »

Tous les brigands s'engagèrent à obéir exactement.

Alev leur commanda de construire un terre-plein, portant un autel orné de lianes, de fleurs, de baguettes d'encens, de parasols rituels à sept étages. Puis il fit creuser dans le sable un grand bassin, assez profond pour qu'un homme y perde pied.

Ces préparatifs terminés, Alev commanda aux cinq cents brigands de se raser la tête. Puis il leur dit :

« Pour donner son pouvoir à l'incantation que je vous enseignerai, il faut que vous alliez déposer dans la jonque tous vos vêtements ; ensuite vous plongerez tous ensemble complètement sous l'eau, et sans revenir à la surface, sans reprendre votre respiration, vous réciterez la formule chacun sept fois de suite. Vous devrez la retenir très exactement et la réciter sans y rien changer, faute de quoi elle perdra sa vertu pour chacun de vous. Tenez-vous prêts, pendant que je vais me recueillir dans la forêt. »

Alev attendit que les brigands soient revenus sans vêtements de la jonque, puis il descendit au mouillage, et dit à voix basse à sa femme :

« Écoute bien ce que je vais te dire et sois attentive : tire autant que tu pourras le câble de l'ancre. Quand tu me verras venir en courant au rivage, lève immédiatement l'ancre et laisse-moi faire pour le reste. »

Puis il fit un détour par la forêt et rejoignit les brigands. Il leur enseigna une longue formule dépourvue de sens, qu'il leur fit répéter plusieurs fois jusqu'à ce qu'ils la disent sans erreur.

La nuit venue, il leur dit :

« Il faut que vous plongiez bien exactement tous ensemble et que tous ensemble vous reveniez à la surface. Ainsi vous acquerrez tous les bienfaits de la formule. Êtes-vous prêts... Plongez !... »

Au même instant Alev courut au rivage, leva l'ancre, ouvrit la voile, prit le vent, et cingla vers le large.

Quand les cinq cents brigands revinrent à la surface, ils cherchèrent des yeux Alev et ne le virent pas. Ils se demandaient : Où donc est le Seigneur notre maître ?

Ils sortirent du bassin et se rendirent au terre-plein, mais ne le trouvèrent pas ; ils l'appelèrent ; il ne répondit pas. Enfin ils allèrent au rivage ; ils ne trouvèrent pas Alev, mais s'aperçurent que leur jonque avait disparu. Ils se rendirent compte qu'ils avaient été trompés. Aucune embarcation n'existait dans l'île pour poursuivre Alev.

Les cinq cents brigands allèrent couper des bambous dans la forêt et construisirent des radeaux pour regagner la terre ferme.

Alev et sa femme filaient bonne allure, naviguant à l'aise dans la jonque des brigands et emportant tous les biens des cinq cents voleurs. Ils allèrent à pleine voile toute la nuit, tout le jour, et abordèrent le soir dans un village. Mais Alev remarqua que dans ce village il n'y avait pas un homme ; il n'y avait que des femmes et des enfants. Il se douta aussitôt que c'était le village des brigands qu'il avait abusés. Il mouilla son ancre. Les femmes des brigands ne reconnurent pas que c'était la jonque de leurs maris, car ceux-ci avaient quitté isolément et à pied le village, et n'avaient que plus tard rencontré cette jonque qu'ils avaient pillée et capturée.

Alev, après avoir jeté l'ancre, prit une planche noircie et de la craie, descendit à terre, et se mit à tracer des signes cabalistiques, faisant semblant de consulter le sort.

Les femmes et les enfants des brigands s'approchèrent, virent les signes qu'il traçait et crurent que vraiment il savait la cabale. Ils demandèrent :

« Sauriez-vous, par votre art, nous dire où sont nos maris, où sont nos pères ? Voici longtemps qu'ils nous ont quittés et nous sommes sans nouvelles d'eux.

— Et quelle difficulté y a-t-il à vous satisfaire ? Ne me dites rien ; il me suffit de faire des calculs, d'aligner des signes, et je puis tout savoir. Quoi que vous vouliez apprendre, vous n'avez qu'à apporter des baguettes d'encens, du bétel, de l'arec, et à garder un complet silence pour me laisser interroger le sort. »

Les femmes des brigands coururent dans toutes les maisons avertir leurs compagnes. Toutes apportèrent des baguettes d'encens, des branches fleuries, de l'arec, du bétel, des bananes, de la canne à sucre, qu'elles vinrent offrir à Alev.

Celui-ci prit son tableau noir ; il fit semblant d'interroger les esprits. En réalité, il calculait le temps qu'il faudrait aux brigands pour avoir construit des radeaux et revenir à leur village. Il dit aux femmes :

« Vos maris reviendront tous ensemble après-demain. Mais auparavant un danger vous menace : la nuit prochaine, des fantômes nus et la tête rasée viendront dans votre village, chercheront à entrer dans vos maisons, pour y répandre une terrible épidémie de petite vérole. Il faut donc que vous preniez vos mesures pour éteindre ce fléau. »

Les femmes des brigands, effrayées, demandèrent à Alev comment il leur serait possible d'éviter la maladie.

« C'est très facile, répondit Alev. Au crépuscule, réunissez-vous, femmes et enfants, à la porte de chaque maison, tous armés de solides bâtons. Quand vous verrez accourir les fantômes nus et la tête rasée, frappez jusqu'à ce qu'ils s'enfuient. N'en laissez pas entrer un seul dans vos cases. »

Les brigands accostèrent le lendemain près de leur village. Mais, n'ayant point de vêtement, ils restèrent cachés dans la forêt tant qu'il fit jour ; à la nuit tombante, ils s'approchèrent du village, et coururent chacun vers sa case. Mais les femmes et les enfants, les prenant pour les fantômes annoncés, les reçurent à grands coups de bâton, frappant de toutes leurs forces jusqu'à ce qu'ils tombent à terre blessés, meurtris ; certains s'évanouirent, d'autres eurent des membres cassés.

Enfin les femmes reconnurent leurs maris, les enfants reconnurent leurs pères ; tous, en larmes, racontèrent aux brigands ce qui s'était passé ; à leur description, les brigands n'eurent pas de peine à reconnaître Alev. Mais que pouvaient-ils faire, roués de coups, blessés, et ne sachant pas dans quelle direction poursuivre leur ennemi.

Alev cependant était resté caché auprès du village ; il avait entendu le retour des brigands, les vociférations des femmes, la bastonnade, les cris des maris. Alors il s'était hâté vers la jonque, avait mis à la voile, et se dirigeait vers le village de sa femme.

Lorsqu'ils eurent atteint le hameau, Alev et sa femme se mirent à la recherche de leur grand'mère ; l'ayant trouvée, Alev se prosterna devant elle, implora son pardon et lui offrit tout ce qu'il avait dans sa jonque. La vieille grand'mère, voyant ces richesses, pardonna, se prit d'affection pour Alev, et l'accepta pour devenir véritablement son gendre. Il fit construire une maison et engagea de nombreux domestiques pour servir sa femme et sa grand'mère.

Au bout de quelque temps, il prit congé des deux femmes, disant qu'il voulait aller voir ses propres parents. La grand'mère aimait de tout cœur son petit-fils par alliance ; mais elle n'osa pas le détourner d'aller rendre visite à son père et à sa mère.

« Ne reste pas trop longtemps absent ! lui recommanda-t-elle. Reviens vite, car tu nous laisses isolées sans personne sur qui nous puissions compter. »

Sa femme voulut aller avec lui :

« Je veux aller faire la connaissance de ta mère, de ton père, de tes parents. Et puis, je ne veux pas être séparée de toi. C'est une triste situation pour une femme d'être loin de son mari. Elle n'a personne pour la défendre, pour la garder. On la traite de veuve, on la tourne en ridicule. Je veux aller avec toi.

— Ma chérie, ton frère aîné voudrait aussi t'emmener avec lui. Mais songe à ta grand'mère, qui est vieille, qui peut tomber malade. Jour et nuit elle serait seule, sans personne pour la soigner, pour s'occuper d'elle, personne à qui nous puissions nous fier. Elle a tant souffert quand nous l'avons abandonnée ; maintenant elle est heureuse. Mais si tous deux nous la quittons de nouveau, elle en mourra sûrement. Nous avons une fois commis une lourde faute ; ne la commettons pas à nouveau. »

Sa femme, émue de compassion pour sa grand'-mère, consentit à le laisser partir seul. Elle prépara son bagage et des provisions de route, et lui demanda combien il emmènerait de serviteurs et de voitures.

« Je n'en prendrai point, dit-il. Ton frère aîné partira seul. »

Il ne voulait pas emmener de domestiques, parce qu'il songeait à prendre femme en chemin et aurait craint que ses gens ne disent qu'il était déjà marié.

« J'ai l'habitude de voyager seul, ajouta-t-il. Si j'emmenais des hommes, des charrettes, des bœufs, des buffles, mon voyage serait lent ; il ne s'accomplirait pas aussi rapidement que le désire mon cœur. »

Il mit seulement de l'argent dans une écharpe, emporta des vivres pour la route, et prit congé de sa grand'mère et de sa femme.

« Si tu trouves tes parents en bonne santé, lui dit sa grand'mère, hâte-toi de revenir ! »

Alev arriva auprès de Ngeh et de neang Ngoh qui étaient son père et sa mère, et leur donna l'argent qu'il avait apporté. Ses parents eurent le cœur réjoui. Ils demandèrent :

« Où donc étais-tu, toi qui as si longtemps disparu ?

Ta mère ne faisait que regarder le chemin par lequel elle espérait voir venir son fils !

— Je travaillais pour gagner ma vie, reprit Alev. Car vous, mes parents, vous ne songez pas à trouver une profession comme tout le monde.

— Agis selon ton cœur, mon enfant. Tes parents gagnent assez pour leur subsistance. Ils prennent soin de leurs biens pour te les laisser. Mais si tu veux travailler de ton côté, à ton aise ! »

Alev resta quelques jours auprès des siens, puis il se remit en route.

Il arriva dans une ville royale, grande et très peuplée. Il alla visiter le palais royal ; puis il examina les habitations des dignitaires et des riches particuliers. Il remarqua une maison de grande dimension, au toit élevé, dans laquelle étaient accumulées de splendides richesses ; elle possédait des hangars pour les voitures, des étables remplies de bœufs, de buffles, d'éléphants, de chevaux ; des serviteurs nombreux allaient et venaient. De magnifiques jardins étaient ornés de fleurs de toutes sortes : des bassins, où jouaient des poissons d'argent et d'or, étaient couverts de lotus blancs, de lotus roses, de nénuphars, de fleurs aquatiques variées ; enfin il y vit une jeune fille de grande beauté. Alev eut l'amour dans le cœur et désira obtenir cette jeune fille. Il alla se présenter au maître de la maison, qui était un riche négociant, et lui demanda de le prendre comme client [1], s'engageant à remplir toute fonction qui lui serait confiée.

Cet homme puissant éprouva de la sympathie pour Alev. Il l'interrogea :

« D'où es-tu ? Où demeurent tes parents ?

– Je suis d'un pays fort lointain ; mon père et ma mère avaient de grandes richesses, de nombreux serviteurs, des bœufs, des buffles, des éléphants, des chevaux, une belle maison comme la vôtre, Seigneur. Mais tous deux sont tombés malades et sont morts. Mon cœur s'est resserré ; je n'ai pas voulu rester là où j'avais coutume de vivre avec ma mère, avec mon père. J'ai quitté ma maison, mes biens ; j'ai fait un long voyage ; permettez-moi de demeurer avec vous, Seigneur ; tout ce que vous me donnerez à faire, je le ferai de mon mieux. »

Le négociant accepta de garder le jeune homme auprès de lui.

Alev se levait au jour, balayait la maison, prenait soin de tous les objets de valeur, mettait chaque chose à la place la plus appropiée ; il s'efforçait à s'occuper de tout comme s'il se fût agi de ses biens propres.

Son maître, voyant son activité, son dévouement constant, se prenait de plus en plus d'amitié pour lui ;

---

1. Littéralement : neveu. Ce terme, dans l'ancienne civilisation cambodgienne, correspond à peu près à ce que représentait celui de client dans l'ancienne Rome.

il lui donna autorité sur toute la domesticité. Quand il se rendait à l'audience du roi, il se faisait accompagner par Alev.

Au bout d'un certain temps, Alev connut tous les dignitaires, tous leurs clients, jusqu'aux ministres.

En public, il affectait la niaiserie ; si quelqu'un le tournait en dérision, grand ou petit, jamais il ne se fâchait ; il ne discutait jamais avec personne.

Plus tard, il fréquenta assidûment le tribunal, suivant les débats, écoutant les sentences prononcées par les juges. Il apprit ainsi à connaître les lois, les coutumes.

Alev ramassait avec soin tous les papiers que l'on jetait, s'ils portaient des cachets. Il se procura ainsi l'empreinte des cachets de chacun des ministres, de tous les grands dignitaires, des fonctionnaires de tout ordre, qui avaient des richesses. Il reproduisit avec de la cire l'empreinte de tous ces sceaux, puis sculpta des cachets semblables à ces empreintes ; ensuite il écrivit des reconnaissances de dettes, d'après lesquelles tous les hauts fonctionnaires lui auraient emprunté les uns cent barres d'argent, d'autres deux cents barres, d'autres cinquante, et revêtit ces reconnaissances des cachets qu'il avait sculptés [1]. Il plia ces lettres, en remplit une boîte.

1. Autrefois au Cambodge les fonctionnaires ayant des cachets distinctifs de leur fonction ne signaient aucune pièce ; ils se contentaient d'y apposer leur cachet.

Lorsqu'il sortait de la maison, il apportait cette boite à la femme de son maître, la priait de la lui garder, et lui recommandait de ne permettre à personne de l'ouvrir. A son retour, son premier soin était d'aller redemander sa cassette.

Au bout de quelque temps, la femme du négociant, piquée de curiosité, se demanda ce que pouvait contenir ce coffret. Elle l'ouvrit, le trouva plein de papiers soigneusement pliés ; ces papiers étaient des reconnaissances de dettes, montrant que tous les dignitaires, tous les fonctionnaires avaient emprunté de l'argent à Alev. Le total de ces billets représentait une somme extrêmement élevée. Elle fut très surprise, et s'en vint montrer le contenu du coffret à son mari ; celui-ci, après l'avoir examiné, lui dit :

« Quand Alev est venu ici, je l'ai interrogé sur ses parents. Il m'a répondu qu'ils étaient morts, mais que de leur vivant ils avaient de grands biens, autant que nous-mêmes. Voyant qu'il a prêté tellement d'argent aux personnages de la Cour, je reconnais qu'il m'avait certainement dit la vérité quand il m'avait parlé de sa fortune. Son intelligence, son caractère, dénotent qu'il a de la naissance. Il prend soin de tout ce qui nous appartient ; il sait tout ce que nous avons dans la maison ; il est comme notre fils.

» Voici notre fille en âge d'être mariée. Elle nous a déjà été demandée par les fils des principaux personnages de la Cour. Mais ils n'étaient pas selon notre cœur et nous ne l'avons pas donnée. Je la donnerais volontiers à Alev. Mais nous serions tournés en dérision, car Alev est venu seul et orphelin, sans que personne connaisse son origine. D'autre part j'aimerais l'avoir pour gendre, car sa conduite, son caractère sont parfaits, parce qu'il a montré le plus grand dévouement en s'occupant de nos intérêts comme s'ils avaient été les siens propres.

» J'ai beau examiner la question, elle est bien difficile à résoudre !

— Quant à éviter qu'on nous tourne en dérision, c'est facile, répondit la femme. Nous n'avons qu'à faire le mariage la nuit, avec très peu de cérémonie, — juste assez pour que les génies ne se mettent pas en colère. Ces jeunes gens seront ainsi mariés secrètement. Si on vient plus tard à l'apprendre, qui pourra nous critiquer ? tout le monde doit de l'argent à Alev ! »

Le riche négociant approuva les paroles de sa femme, et consentit au mariage dans les conditions qu'elle avait proposées. Il appela le jeune homme et lui dit :

« Depuis que tu es entré dans ma maison, j'ai vu que ta pensée, ton cœur, tes soins, se sont portés sur mes affaires comme si tu avais été mon propre fils. En récompense je te donne en mariage ma fille chérie. »

Alev eut le cœur rempli de bonheur.

Son maître appela la jeune fille, lui prescrivit de faire les salutations aux ancêtres, de faire les offrandes aux génies suivant la coutume qui nous vient de l'antiquité, et la donna pour épouse à Alev.

Deux ou trois jours après le mariage, la femme d'Alev lui dit qu'elle allait se rendre à l'audience royale. Alev lui répondit :

« Je serai au tribunal. Quand tu passeras devant, si tu me vois t'appeler de la main, tu mettras du bétel sur une coupe et viendras déposer cette coupe devant moi [1]. Puis tu me salueras et nous nous retirerons ensemble. »

Ayant fait ces recommandations à sa femme, Alev s'habilla d'un vieux sampot et d'une vieille veste, et alla s'asseoir au tribunal. Tous les hauts dignitaires, tous les fonctionnaires, les pages, les juges s'y trouvaient réunis. Ils étaient venus à dos d'éléphant, à cheval, avec de nombreuses suites.

Voyant Alev assis dans ses misérables vêtements, les dignitaires, par dérision, lui frappaient la tête, lui donnaient des coups dans le dos, lui tiraient les bras, pour lui faire faire des bouffonneries comme il avait l'habitude de le faire sans jamais se fâcher

---

1. Les tribunaux cambodgiens, ou Sala chumnum, sont des constructions sur pilotis, mais sans cloisons. De simples colonnes supportent le toit au-dessus du plancher. On peut donc voir de l'extérieur ce qui s'y passe et inversement.

contre personne. Mais ils ne savaient pas combien Alev avait d'intelligence. Ils le prenaient pour un malheureux vivant d'aumônes. C'est pourquoi ils se moquaient de lui.

La fille du riche négociant vint à passer dans son palanquin, suivie de serviteurs portant des boîtes à bétel en or, des plateaux en argent ; elle regarda Alev qui ne fit aucun signe ; elle poursuivit sa route vers le palais. Les dignitaires, la voyant passer, disaient :

« Elle est la plus belle de toutes !

— Les fils des princes eux-mêmes n'ont pu obtenir sa main !

— Heureux qui l'aura pour femme ! »

Chacun renchérissait sur ce qui était dit par les autres.

Alev prit à son tour la parole et dit :

« Vous dites, Seigneurs, que tous les plus hauts personnages ont demandé cette jeune fille sans pouvoir l'obtenir. Attendez, Seigneurs, qu'elle ressorte du palais. Je l'appellerai et elle viendra m'offrir du bétel à chiquer ! »

Les dignitaires prirent ces fanfaronnades pour une nouvelle bouffonnerie, car ils voyaient toujours Alev faire le fou en leur présence, et ils ignoraient que rentré chez lui il était loin d'être fou. Ils se moquaient de lui ; ils ignoraient combien Alev était fin. Ils dirent :

« Nous ferions bien le pari que cette jeune fille ne répondra pas à ton appel. Mais comment parier avec toi ? Tu n'as rien à mettre comme enjeu !

— Ne vous mettez pas en peine de cela. Si je perds le pari, je m'engage par écrit à être votre esclave ma vie durant. Vous m'emploierez à ce que bon vous semblera, je vous obéirai en tout. »

Les dignitaires et fonctionnaires se réjouirent, désirant avoir Alev pour esclave, comptant qu'il les amuserait de ses saillies.

« Il a perdu la raison, disaient-ils, s'il croit que cette belle jeune fille répondra à son appel ! Tenons le pari avec lui. Il sera notre esclave à tous ; chacun le prendra à son tour ; nous nous amuserons de lui. Qu'il écrive dans des billets tout ce qu'il a la prétention de gagner de nous ! Que nous importe : il est sûr de perdre. Nous pouvons mettre l'enjeu qui lui passera par la tête ! »

Ils lui donnèrent tous des billets lui disant :

« Inscris autant d'or ou d'argent qu'il te plaira ; inscris des éléphants, des chevaux, leurs harnachements, tout ce que tu voudras. »

Alev remplit soigneusement les billets, portant, suivant ce que possédaient ses antagonistes, des chevaux, des éléphants ou de grandes sommes d'argent. Tous apposèrent leur cachet en riant et se moquant de lui. Il enveloppa les billets dans une écharpe ; il écrivit à son tour l'engagement, s'il perdait le pari, de se mettre en servitude à vie chez les gagnants et remit son billet au ministre du Palais ; puis il s'assit à l'entrée du tribunal.

Au bout d'un moment, on vit la jeune fille revenir du palais. Alev lui fit signe de la main et lui cria de lui apporter du bétel. Elle descendit en toute hâte de sa litière, plaça du bétel sur une coupe d'or et vint le présenter à Alev. Celui-ci prit le bétel, puis il se leva, fit placer sa femme sur le plus beau des éléphants qu'il avait gagnés, installa ses serviteurs sur les autres, sur les chevaux, monta sur un éléphant à grandes défenses, et se mit en route avec sa suite.

Les dignitaires, les fonctionnaires qui avaient perdu le pari étaient muets de stupeur. Ils avaient les yeux blancs d'émotion, et pleuraient leurs montures favorites, harnachées d'or et d'argent, et tous les biens qu'ils avaient perdus.

La surprise du beau-père fut aussi grande en voyant arriver son gendre et sa fille en un si pompeux convoi. Tous les serviteurs de la maison se pressaient aux fenêtres pour voir leurs jeunes maîtres.

Le négociant interrogea Alev.

« J'ai commencé à me faire payer les dettes contractées envers moi », répondit le jeune homme.

Le beau-père, le cœur plein de joie, pensa : « Vraiment personne ne nous tournera en dérision ! »

Le négociant et sa femme chérirent Alev plus encore que par le passé.

Chaque jour, Alev allait recevoir des parieurs les sommes qu'ils mirent longtemps à lui payer complètement. Peu à peu il prit sur lui le soin de régler toutes les affaires de ses beaux-parents et leur évita toute peine et tout souci.

Lorsque son beau-père, chargé d'années, atteignit le terme de son âge, Alev se trouva être le principal négociant de la capitale.

Nous avons dit l'histoire d'Alev telle qu'elle a été répétée de génération en génération. Si quelqu'un vient à la lire, qu'il ne se moque point de nous.

KUNG LE COURAGEUX

KUNG HEAN

KUNG LE COURAGEUX

KUNG HEAN

AUTREFOIS vivait un homme qui avait deux femmes. Il s'appelait Kung, et ses deux femmes s'appelaient Am et Kom.

Un jour, Kung emmena Am et Kom en voyage : ils allaient faire une visite à des parents dans une province éloignée. Il se trouva que la région était désolée par un tigre féroce qui pourchassait sans cesse hommes et bestiaux. Kung atteignit une grande forêt voisine du village où il se rendait ; le tigre s'y trouvait ; du plus loin qu'il aperçut le voyageur, l'animal bondit en poussant des rugissements épouvantables. Kung, tremblant de tous ses membres, s'alla cacher dans un arbre creux, à moitié évanoui de peur. Am et Kom unirent leurs efforts et, à coups de gourdin, tuèrent le fauve. Kung, voyant la bête morte, sortit de sa cachette, prit un bâton et frappa à tour de bras le cadavre du tigre. Ses femmes s'indignèrent :

« Tu n'es pas un homme, tu es une femmelette ! et tu es un lâche de frapper ce tigre qui est déjà mort. »

Kung se tourna furieux, insulta ses femmes et leur dit :

« Jamais personne n'a vu des femmes tuer un tigre. Seuls les hommes ont un tel courage ! »

Kung coupa une liane, attacha la bête, puis, aidé de ses deux femmes, l'emporta dans le village. Tous les gens du pays, à ce spectacle, se réunirent en masse, fort joyeux. Ils demandèrent :

« Comment avez-vous fait pour tuer cette bête ? Elle était terrible ! Combien n'a-t-elle pas dévoré d'hommes, de buffles et de bœufs ! C'est nous rendre un service immense que de nous en délivrer !

— Kung, dirent les deux femmes, aperçut le tigre et courut se cacher dans un arbre creux. Nous deux, femmes, nous avons réussi à tuer la bête féroce ! »

Kung, entendant ces paroles, proféra contre ses femmes de violentes injures.

« Jamais, s'écrie-t-il, aucune femme n'a eu ni l'audace, ni la force de tuer un tigre. Vous le savez bien, vous tous, gens de ce village ! »

Et, plein d'orgueil, il raconta comment il s'y était pris :

« Le tigre était là, moi, je me trouvais ici. J'ai saisi une matraque de cette façon, j'ai frappé ainsi, le tigre est tombé là. »

En parlant, Kung mimait toutes ses passes d'armes, sautant de droite et de gauche, brandissant son bâton, s'époumonnant pour faire admirer ses prouesses aux villageois.

Tous les assistants étaient remplis de respect pour Kung et décidèrent d'un commun accord de l'appeler Kung le Courageux.

La renommée de cet homme valeureux parvint jusqu'aux oreilles du roi, qui l'éleva à de hautes dignités.

Or, il advint qu'un crocodile redoutable s'établit dans la rivière qui baignait la capitale. Chaque jour, il happait quelque sujet de Sa Majesté ; personne n'osait plus s'approcher de la rivière ; le commerce fut arrêté ; les bateaux se balancèrent à vide sur leurs amarres ; tout le pays était dans la désolation.

Le roi, mis au courant de la situation, donna l'ordre à Kung le Courageux d'aller capturer le crocodile. Kung fut bouleversé d'épouvante. Mais comment eût-il pu discuter les commandements du monarque ? Il répondit :

« Que Votre Majesté ne s'inquiète pas. Je suis à ses ordres ! »

Il s'en retourna chez lui et dit en pleurant à ses femmes :

« O vous qui m'êtes chères, je vous fais mes adieux !

» Le roi m'a commandé d'aller me saisir d'un crocodile effroyablement méchant qui hante le fleuve ! Cette fois, il est certain que je suis perdu. Cette maudite bête va me dévorer. Lorsque j'ai combattu le tigre, c'était sur la terre ferme, j'avais tous mes moyens. Mais aujourd'hui, quelle force aurai-je sous l'eau ? Je ne verrai même pas. Et c'est le roi qui commande : je ne puis qu'obéir. Je n'ai plus qu'à me jeter à la rivière et à me laisser manger. »

Kung réunit ses enfants, ses clients, tous ses parents et leur fit ses adieux. Il était blême de peur, ses dents claquaient. Puis il se mit en route ; il avait de la peine à marcher car ses jambes flageolaient. Une sueur froide ruisselait entre ses épaules. Il titubait d'épouvante.

Arrivé sur la berge, il aperçut le crocodile qui flottait endormi, tout près du rivage.

Les gens du pays, ayant appris que Kung le Courageux allait détruire le monstre, s'étaient réunis en foule sur la berge.

Kung avisa au bord de l'eau deux arbres qui avaient poussé d'une même souche, et formaient entre eux une fourche. Il s'y assit un instant, cherchant à rassembler ses esprits. Le crocodile endormi flottait à la surface à deux mètres de lui. A sa vue, la gorge de Kung se serra, il perdit la respiration, ses cheveux se dressaient sur sa tête. Brusquement il se leva, il était à bout, il voulait à tout prix en finir. Fermant les yeux, il se précipita dans les flots.

Le crocodile, réveillé en sursaut, fit un effort prodigieux pour sauter sur la berge. Le hasard voulut qu'il retombât dans la fourche que formaient les deux arbres. Il était pris comme dans un étau, et ne pouvait ni avancer, ni reculer.

Kung le Courageux revenant à la surface, ouvrit les yeux, supputant le nombre de secondes qui lui restaient à vivre, et vit le crocodile ainsi pris au piège. Il cria à ses enfants de saisir une lance et de le transpercer. Lorsque l'animal fut bien mort, Kung osa l'approcher.

« Voyez, dit-il, quelle est ma force et quel est mon courage. J'ai nagé sous l'eau jusqu'à ce terrible animal, et je l'ai jeté sur la berge avec assez d'adresse pour qu'il soit emprisonné. »

Tous les assistants furent convaincus qu'il disait vrai et le couvrirent d'éloges. Il rentra dans la ville, porté en triomphe, et vint faire au roi le récit de son haut fait. Le roi lui accorda de nouvelles dignités en récompense de ses éminents services.

La réputation de Kung le Courageux fut dès lors établie sans conteste.

A quelque temps de là une guerre éclata ; un voisin ambitieux envahit les terres du roi, qui aussitôt confia à Kung le commandement de toutes ses armées.

Kung le Courageux était pour le coup anéanti. Il rentra chez lui et se traîna jusque sur sa natte ; il ne prit aucune nourriture ; il était incapable d'articuler une parole ; ses yeux étaient révulsés de terreur.

Ses deux femmes s'approchèrent de lui.

« Ami, dirent-elles, pourquoi vous couchez-vous ainsi sans manger ? Que vous arrive-t-il pour vous mettre dans cet état lamentable ? »

Kung rassembla toute son énergie pour répondre :

« Le roi a chargé votre frère aîné de mener ses armées à la guerre. Votre frère tremble de mâle peur. Il ne sait comment éviter d'obéir aux ordres qu'il a reçus, et pourtant il ne veut pas aller au combat.

— Ne vous épouvantez donc pas ainsi, dirent les femmes ; nous vous accompagnerons, nous vous viendrons en aide, nous vous le promettons ; levez-vous, venez vous restaurer ; prenez votre bain comme à l'ordinaire et calmez votre cœur. »

Kung le Courageux, remonté par ses femmes, se leva, prit un bain et mangea. Puis il fit ses préparatifs pour aller combattre les armées ennemies.

Lorsque le moment fut venu, il prit congé du roi et partit en guerre, accompagné de ses deux femmes. Kung était à califourchon sur la tête d'un éléphant, Am et Kom assises derrière lui. Son armée l'entourait de toutes parts ; les corps de troupe marchant en bon ordre, musique en tête et oriflammes au vent.

Lorsque les ennemis furent en vue, qu'il n'y eut plus de doute sur la rencontre, Kung fut aveuglé par la peur. Dans son affolement il enfonça son harpon dans la tête de son éléphant, qui partit en trombe, se précipita à travers les divisions, dépassa toute l'armée sans que les soldats puissent le suivre, et fonça dans les rangs ennemis.

Les assaillants voyant Kung le Courageux s'élancer ainsi au milieu d'eux, furent convaincus que, pour oser s'exposer ainsi, il devait être doué d'une puissance surnaturelle : ils s'enfuirent, se disloquèrent en une déroute folle, jetant bas leurs armes, abandonnant les animaux, les bagages, ne songeant qu'à sauver leur vie.

Kung le Courageux, devant cette stupéfiante victoire, reprit tout son aplomb. Il réunit les grands officiers et leur vanta son audace. Certains d'entre eux se montrèrent sceptiques, car ils remarquèrent, sur la tête de l'éléphant qui portait Kung, des traces manifestes de sa peur.

« Eh, dit Kung, qu'est-ce que cela prouve ? Est-ce au milieu de la mêlée qu'on va s'arrêter pour une colique ? Le vrai courage consiste à ne songer à rien qu'à la victoire quand on est en présence de l'ennemi. »

Toute l'armée entendit ce discours. Quelques-uns

— ceux qui avaient de l'intelligence – comprirent ce qu'il fallait penser de la bravoure de Kung. Mais le plus grand nombre manquait de perspicacité ; on fit à Kung une longue ovation.

Kung le Courageux rentra en triomphateur dans la capitale. Il alla se prosterner devant le roi, et lui conta comment les ennemis s'étaient dispersés à son approche.

Le roi se réjouit de tout cœur. Il combla Kung d'honneurs, en fit le premier dignitaire du royaume, lui décerna ses plus hautes récompenses, et lui offrit des présents magnifiques.

Kung se montra plus que jamais orgueilleux de sa force et de sa valeur.

Cette histoire nous a été contée par des vieillards qui la tenaient de leurs aïeux. Si quelque curieux vient à la lire, qu'il ne se moque pas de nous qui l'avons redite selon nos anciens.

HISTOIRE

DE LA

PERDRIX FEMELLE

ET DE LA

PERDRIX MALE

RUONG TOTEA { *gni* / *chhmol* }

HISTOIRE DE LA PERDRIX FEMELLE ET DE LA PERDRIX MALE

RUONG TOTEA { *gni* / *chhmol* }

ON raconte qu'il y avait un jour deux perdrix, une femelle et un mâle, qui étaient mari et femme. Ils habitaient une forêt. La femelle devint enceinte. Quand le temps fut révolu, les deux oiseaux construisirent un nid de feuilles et d'herbes, bien caché dans une touffe épaisse pour le dérober à la vue des ennemis, et la femelle pondit deux œufs. Elle les couva avec le soin le plus vigilant ; il en sortit deux petits, une femelle et un mâle. La mère les soignait et les réchauffait sous elle ; si elle venait à s'éloigner, le mâle prenait sa place ; ils se relayaient ainsi sans cesse, sans jamais abandonner un instant tous deux à la fois les petits.

Quand les oiselets commencèrent à pousser quelques plumes, l'affection de leur mère fut plus grande encore. Rien ne saurait lui être comparé.

Il se trouva que la saison sèche dura plus que de coutume. Toutes les herbes furent brûlées ; les feuilles des arbres jonchaient la terre.

Un chasseur prit son arbalète et alla chasser dans la plaine. Voyant les herbes sèches, il y mit le feu pour obliger les animaux qui s'y trouvaient à se sauver et pouvoir tirer sur eux. Le feu s'étendit avec violence jusqu'à la forêt ; tout le ciel était obscurci par la fumée. Arbres et bouquets de bambous devenaient la proie des flammes ; des langues de feu s'élevaient au haut des airs. L'incendie faisait un bruit semblable à celui d'un violent ouragan.

La perdrix mâle prit son vol et s'éleva au-dessus des hautes futaies pour se rendre compte de ce qui arrivait. Elle vit la forêt qui brûlait et l'incendie qui s'approchait, poussé par un vent violent. Elle cria de toutes ses forces :

« Perdrix chérie de ton frère aîné, laisse tes petits et viens immédiatement me rejoindre ! Vois comme la forêt brûle ! Vois les flammes s'élever jusqu'au ciel ! »

La femelle vola regarder ; le feu s'approchait rapidement ; elle ne pensa qu'à ses petits :

« O chéris de votre mère, dit-elle, à peine êtes-vous venus au monde, vous ne savez pas encore voler ; vous allez être dévorés par le feu sans qu'il soit possible de vous secourir. Votre mère est au désespoir. Elle n'a pas de mains pour vous emporter. Elle ne vous quittera pas ; elle sera consumée avec ses deux petits. »

Elle dit à son mari :

« Le feu va atteindre incessamment notre nid ; mes petits vont succomber. Je ne veux pas les abandonner dans leurs souffrances ; je mourrai avec eux. Quant à toi, que veux-tu faire ?

— Je veux aussi rester auprès de nos petits et mourir avec eux. »

Tous deux descendirent sur leur nid. Le feu approchait avec une rapidité extrême. La mère couvrait les petits ; le père couvrait la mère. Ils étaient épouvantés et tremblaient de tous leurs membres. La chaleur devint intolérable ; la perdrix mâle ne put pas la supporter ; elle s'élança dans les airs. La femelle, levant la tête, vit son mari qui l'abandonnait avec ses petits ; elle pensa :

« La parole des mâles n'est pas ferme. Quand je viendrai à renaître [1], sous quelque forme que ce soit, je demande à ne jamais avoir affaire à un mâle. Que

---

1. La cosmogonie cambodgienne admet la migration des âmes. Tout être vivant a une âme qui après la mort monte au Sthan Suor [du sanscrit Sthana Svur ou Svarga] (paradis) ou descend au Sthan Norok [Sthana Naraka] (enfer), d'où elle vient reprendre naissance dans un nouveau corps pour un autre chat (jata), existence. Les âmes peuvent animer tour à tour des êtres vivants quelconques, animaux ou hommes.

je ne devienne pas dans une autre vie la femme d'un mari qui ne tient pas sa parole. »

Aussitôt qu'elle eut prononcé ce vœu, le feu l'atteignit et la fit mourir avec ses petits.

Le mâle, qui se tenait en l'air au-dessus du nid, vit succomber sa femme et ses petits. Son cœur fut plein de pitié. Il pensa :

« O combien ma femme a été fidèle à sa parole ! Elle a dit qu'elle préférait périr avec ses petits ; la voici morte en effet. Il ne convient pas que je survive seul, violant ma parole. Il convient que je fasse le sacrifice de ma vie auprès des miens.

» Quand ma femme reprendra vie pour commencer une autre existence, quelle que soit sa nouvelle condition, je demande à renaître dans la même et à redevenir son mari à travers toutes mes existences successives. »

Ayant fait ce souhait, il se laissa tomber du haut des airs sur le cadavre de sa femme et fut brûlé à son tour.

Le mâle, qui n'avait pas été dès le début fidèle à sa parole, revint au monde sous la forme d'un enfant, fils d'un homme misérable, qui habitait le royaume de Peareanosey[1] situé aux confins du monde.

1. En sanskrit : Banarasi = Bénarès.

Il était devenu un petit garçon ; mais il avait une apparence af[illegible]use ; son corps était couvert d'excroissances, de loupes grosses comme le pouce ; il était tout à fait privé d'intelligence. Pour cette raison, son père le nomma Turpolpheap [1].

La femelle, qui avait tenu sa parole, reprit naissance dans le sein de neang Nanteartevi, première femme du roi Promteat, qui régnait sur le royaume de Peareanosey. Elle vint au monde sous la forme d'une fille admirablement belle. On n'aurait pu trouver de par le monde aucune femme plus belle qu'elle. C'est pourquoi ses parents lui donnèrent le nom de Chonbatkalyani [2].

Quand elle fut d'âge à savoir parler, elle n'adressait la parole qu'aux femmes, mais jamais à un homme ; même au roi son père elle ne disait jamais un seul mot.

A mesure qu'elle grandissait, elle devenait de plus en plus belle. Si un homme la voyait, il ne songeait plus qu'à rester en admiration devant elle, sans vouloir s'éloigner.

Son esprit égalait sa beauté. Elle connaissait les caractères d'écriture, les préceptes religieux, les préceptes coutumiers. Elle savait résoudre toutes les

---

1. Pheap, sanskrit : Bhava = être, personne ; Turpol, sanskrit : durbala = faible, frêle, laid.

2. Transcrit en sanskrit ce nom devient Janapadakalyani ; Jana : être humain ; Pada : signe, marque ; Kalyani : belle, ravissante, aimable.

énigmes. Peu de personnes l'égalaient en intelligence.

Le roi son père, voyant qu'elle ne parlait jamais à aucun homme, ne savait comment il pourrait la marier.

Après avoir longuement réfléchi, il fit construire devant son palais une tour environnée de jardins agréables ; il assigna cette tour comme résidence à sa fille. Puis il fit publier par tout le royaume, par tous les pays étrangers, grands et petits, que sa fille habitait cette tour. Il invitait tous les hommes, rois, dignitaires, simples particuliers, à venir se promener dans les jardins attenants, déclarant que si un homme quel qu'il soit était capable de faire prononcer seulement trois paroles par Chonbatkalyani, il lui donnerait la princesse en mariage et l'élèverait à la dignité d'Obbarach[1]. Si la princesse prononçait les trois paroles, les tamtam et les gongs l'annonceraient aussitôt à grand bruit, et celui qui aurait remporté la victoire serait amené au palais pour être présenté à Sa Majesté, qui le recevrait pour gendre.

Chacun était libre de venir tenter l'épreuve. Il était seulement défendu, pour arriver à faire parler la princesse, de l'effrayer, d'user de violence, ou d'entrer dans la tour.

---

1. Le titre d'Obbarach, que l'on a le tort de traduire habituellement en français par : second roi, ce qui ne correspond à aucune réalité, est le titre conféré au premier prince de la cour cambodgienne

Cette proclamation fut répandue dans toutes les régions. Des hommes innombrables vinrent dans les jardins. Pour attirer l'attention de la princesse, les uns avaient revêtu des vêtements magnifiques ; d'autres faisaient des armes, d'autres luttaient, faisaient des assauts de boxe, conduisaient des chevaux ou disputaient des courses en chars ; chacun cherchait à se mettre en valeur à sa façon.

La princesse se tenait sans cesse en haut de sa tour, regardant tous ces jeux, — mais elle n'avait pas un sourire, elle ne prononçait pas un mot.

La proclamation du roi parvint aux oreilles de Turpolpheap. Il dit à sa mère :

« O mère, on dit que la fille du roi ne parle jamais à un homme et que Sa Majesté a fait venir tous les hommes pour se livrer à des jeux ; si l'un d'eux obtient que la princesse lui parle, il sera son époux. Je voudrais aller voir ces jeux, et apprendre qui aura obtenu la main de cette jeune fille. Veuillez me donner deux bols de riz et une marmite ; je vais à la tour.

— O chéri de ta mère, ton corps est laid ; tu es très pauvre ; tu n'as que le seul sampot que tu portes ; tous ceux qui sont là-bas sont de beaux jeunes hommes splendidement habillés. N'y va pas, tu serais tout honteux de toi-même. Ce n'est pas à toi que viendrait à échoir la princesse !

— Je ne désire pas obtenir Chonbatkalyani ! Je veux seulement aller voir les divertissements. Depuis ma naissance, je n'ai jamais vu de joyeuse réunion. Ayez la compassion de me laisser y aller ! »

La mère, prise de pitié, donna une musette de riz, trois poissons secs, du sel, du prahok [1], deux assiettes et une petite marmite à son fils, et lui fit ces recommandations :

« Vas-y, mon garçon, et reviens vite. Ne reste pas longtemps, toi qui n'es jamais entré dans une grande ville ! »

Turpolpheap prit ses provisions et se mit en route avec la foule.

Soudain une pluie violente se mit à tomber. Il fut trempé ; tremblant de froid, il chercha un abri. Mais les gens qui étaient dans les divers hangars le repoussèrent et ne le laissèrent pas entrer, lui montrant du doigt un kiosque situé au pied de la tour. Tout transi, Turpolpheap courut se réfugier dans le kiosque.

Quand la pluie cessa, il demanda du feu pour se réchauffer. Mais il n'alluma qu'une seule bûche, il ne souffla pas le feu, qui brûla un instant et s'éteignit. Turpolpheap se dit à lui-même :

---

1. Le prahok est une pâte faite de poisson pilé avec de la saumure.

« Je ne comprends pas quel est ce feu qui a peur du bois ! »

La princesse Chonbatkalyani, qui était sur la tour, dit :

« Ce garçon est-il fou de vouloir allumer une bûche seule ? Comment brûlerait-elle ? Il n'a qu'à mettre plusieurs bûches, alors son feu brûlera ! »

Turpolpheap leva les yeux et vit la princesse ; il alla chercher une brassée de bois sec, souffla sur le brasier, qui fit une belle flamme. Il resta assis auprès et se réchauffa ; pour sécher ses vêtements mouillés, il s'approchait si près du feu qu'il se sentit brûler. Il sauta en arrière, puis revint contre le foyer, se brûla encore.

Chonbatkalyani dit :

« Il est vraiment fou ! pourquoi ne change-t-il pas de sampot pour sécher celui qui est mouillé ? »

Turpolpheap mit son écharpe en guise de sampot, sécha le sampot ; puis il le remit et fit sécher l'écharpe.

Une fois habillé de sec, Turpolpheap voulut manger. Il coupa dans une branche deux piquets qu'il enfonça dans le sol et fit un joli brasier entre ces piquets. Puis il prit sa marmite pour aller puiser de l'eau dans un bassin. Mais ce bassin était couvert de lentilles d'eau. Turpolpheap posa la marmite sur la rive ; des deux mains il écarta les plantes aquatiques sur un espace suffisant pour atteindre l'eau, puis il alla prendre sa marmite. Pendant ce temps les lentilles s'étaient étendues de nouveau et couvraient l'eau. Turpolpheap remonta poser sa marmite sur la berge, descendit écarter les plantes d'eau, qui se refermèrent comme la première fois avant qu'il n'ait repris la marmite. Il recommença le manège plusieurs fois sans pouvoir puiser d'eau.

La jeune fille vint au bord de la terrasse et dit agacée :

« Il est incontestablement fou ! Comment puisera-t-il jamais de l'eau en s'y prenant ainsi ! Il n'a qu'à tenir sa marmite d'une main ; de l'autre il écartera les plantes flottantes, et ainsi il atteindra facilement la surface de l'eau ! »

Turpolpheap fit ce que disait la princesse ; il remplit sa marmite, y versa du riz, la posa sur les deux piquets qu'il avait plantés. Aussitôt qu'il la lâcha des mains, elle se renversa, se vida, éteignit le feu. Turpolpheap s'efforça de ranimer la flamme, retourna remplir d'eau la marmite, y remit du riz, la reposa sur les piquets, — elle se renversa de nouveau. Il recommença plusieurs fois avec le même résultat.

La princesse, qui s'impatientait à suivre des yeux son manège, dit :

« Vraiment ce garçon est complètement fou ! Qui a jamais songé à poser une marmite sur deux piquets ! Il n'a qu'à planter trois piquets comme tout le monde et sa marmite ne se renversera pas ! »

Turpolpheap se conforma aux paroles de la jeune fille et put cuire son riz ; il remua avec sa cuiller, qu'il glissa ensuite dans sa ceinture. Quand l'eau eut bouilli le temps nécessaire, il chercha sa cuiller pour égoutter le riz, mais il ne savait plus où il l'avait mise. Il courait de tous côtés pour la chercher, mais sans la trouver. Se parlant à lui-même il s'écria :

« Où donc ai-je mis ma cuiller que je ne puis trouver ? Mon riz va se perdre ! »

La princesse dit :

« Il a mis sa cuiller dans sa ceinture et la cherche partout ! »

Turpolpheap entendant ces mots retrouva sa cuiller, égoutta le riz, le mangea, puis remit sa marmite dans sa musette.

A ce moment un gouverneur de province qui avait un attelage de bœufs trotteurs avec lequel il prenait tous les jours part à des courses dans le parc, appela Turpolpheap et lui demanda :

« As-tu des chevaux ou des bœufs ?

— Je n'en ai point, Seigneur !

— Alors attelle mes bœufs à mon char et fais-leur faire un tour.

— Je n'ai jamais conduit d'attelage !

— Fais toujours ! Si tu casses le char, peu importe, je ne te réclamerai rien ! »

Turpolpheap emmena les bœufs, sortit la voiture, et attela les bêtes. Il en mit une la tête tournée vers la voiture, l'autre tournée en sens inverse, monta sur le char et voulut faire partir les animaux, mais ceux-ci ne pouvaient pas marcher. Turpolpheap s'arma de l'aiguillon, piqua la tête d'un des bœufs, la croupe de l'autre. Les deux bêtes firent des bonds désordonnés. Tous les hommes qui étaient à l'entour furent pris d'une gaieté bruyante. Chonbatkalyani se mit à rire et s'écria :

« Il est plus fou qu'on ne saurait croire ! Tout le monde attelle les deux bœufs 'la tête tournée vers le timon, ainsi seulement il leur est possible de traîner le char ! »

Elle avait à peine prononcé ces paroles que les tamtam et les gongs se mirent à résonner à grand fracas.

Turpolpheap n'avait certes pas agi par ruse réfléchie, mais véritablement par sottise.

La princesse entendant le bruit des tamtam et des gongs fut soudain comme réveillée en sursaut : elle n'avait nullement pensé adresser la parole à Turpolpheap ; elle était convaincue qu'elle s'était parlé à elle-même. Elle pensa :

« Pour quelle raison frappe-t-on ainsi les instruments ? Je n'ai parlé à personne ! »

Cependant les femmes qui étaient placées auprès de la princesse, les secrétaires placés dans l'enceinte extérieure, chargés les uns et les autres de noter les paroles de la princesse, allèrent se prosterner aux pieds du roi Promteat et lui dirent :

« Depuis le commencement de ces fêtes, l'auguste fille de Votre Majesté n'a pas dit un seul mot à aucun homme. Or voici que soudain elle a parlé à plusieurs reprises à un individu affreux, tout couvert d'excroissances. Notre cœur s'est serré : nous ne voulions pas noter ses paroles, nous ne voulions pas frapper tamtam et gongs ; mais à six reprises elle s'est adressée à cet homme, et les ordres de Votre Majesté étaient formels ! »

Le roi répondit :

« S'il en est ainsi, allez chercher cet homme. Si laid qu'il soit, la princesse lui a parlé, il sera son époux ; le roi n'a qu'une parole ! »

Les officiers du palais coururent appeler Turpolpheap et lui dirent :

« Sa Majesté ordonne que tu viennes te présenter à elle ! »

Turpolpheap, effrayé, se mit à trembler de tous ses membres ; il se prosterna et demanda aux officiers :

« Seigneurs, pourquoi le roi me fait-il appeler ? Ai-je fait quelque chose de répréhensible ?

— Nous n'en savons rien. Viens vite ! »

Turpolpheap fut amené devant le roi ; Sa Majesté fut remplie de tristesse en le voyant ; mais le roi ne pouvait se dédire. Il ordonna à ses officiers de mener Turpolpheap au bain, de l'habiller de somptueux vêtements prélevés sur les magasins royaux et de le ramener devant le trône.

Le plus grand des Tevoda[1] préposés par Indra à la garde du palais royal, réfléchit et se dit :

« Cet homme a été affligé d'un aspect repoussant parce qu'il n'a pas eu le cœur immédiatement droit à la fin de sa précédente existence. Sa laideur a été une punition infligée jusqu'à ce qu'il ait acquis la fermeté, alors son apparence extérieure doit redevenir belle. L'épreuve a suffisamment duré. Je vais aller au paradis chercher de l'eau de grâce et je la répandrai sur lui. »

Le Tevoda s'en alla chercher de l'eau de grâce dans une burette d'or. Au moment où les officiers du palais amenèrent Turpolpheap au bain, le Tevoda répandit l'eau sur son corps ; toutes ses tares disparurent aussitôt ; sa couleur devint semblable à l'or ; il fut soudain plus beau que tous les hommes, aussi beau qu'un Tevoda.

Les officiers furent stupéfaits ; ils disaient entre eux :

« L'homme que nous avons amené était affreux ; il a suffi de le plonger dans l'eau pour qu'il devienne d'une beauté exceptionnelle. Toutes ses excroissances ont disparu. Cela est invraisemblable. Cet homme s'appelle-t-il vraiment Turpolpheap, ou bien comment s'est-il substitué à l'autre ?

1. En sanskrit Deva. Les êtres du Paradis. C'est à tort que l'on traduit habituellement Tevoda par dieux, le buddhisme étant monothéiste.

— Je suis bien réellement Turpolpheap. »

Les officiers ne pouvaient le croire. Ils s'interrogeaient avec anxiété les uns les autres.

Ils revêtirent le jeune homme de riches vêtements ; sa beauté en fut accentuée. Toutes les femmes qui le virent eurent le cœur ému ; les hommes eux-mêmes reconnaissaient combien il leur était supérieur en beauté.

Les officiers firent leur rapport au roi :

« Voici l'homme si laid que nous avons mené au bain ; en sortant de l'eau il est devenu tel que Votre Majesté le voit. Nous ne saurions expliquer ce prodige. »

Le roi considéra Turpolpheap et se réjouit dans son cœur. Mais son étonnement fut extrême et il craignit que ses officiers se soient entendus pour faire disparaître Turpolpheap et lui substituer un autre homme. En conséquence, il pensa que le jeune homme devait être conduit de nouveau à la tour où il tenterait une seconde fois l'épreuve. Si la princesse lui adressait les trois paroles prescrites, le mariage serait aussitôt célébré.

Tandis que le roi songeait ainsi, les Tevoda qui étaient les gardiens de l'épée sacrée, ceux qui gardaient le diadème royal, la personne du roi, les diverses parties du palais, s'entretenaient entre eux ; ils disaient :

« Turpolpheap est devenu beau physiquement ; mais il

est resté inintelligent. Donnons-lui de l'esprit qui lui permette de se faire adresser la parole par Chonbatkalyani.

— Je veux, dit un des Tevoda, pénétrer dans son cœur et être son intelligence.

— Je veux, dit un autre Tevoda, m'introduire dans l'escalier de la tour.

— Et moi, je vais entrer dans la natte sur laquelle la princesse est assise.

— Et moi, j'entrerai dans son coussin.

— Et moi dans son bol d'or.

— Et moi dans sa coupe ciselée.

— Et moi dans l'épingle d'or de sa coiffure.

— Et nous emploierons la finesse de notre esprit à faire que Chonbatkalyani parle à Turpolpheap. »

Les Tevoda allèrent se placer chacun où il l'avait dit. Mais ils étaient invisibles à nos yeux humains.

Le roi, ayant résolu dans son cœur ce qu'il convenait de faire pendant que les Tevoda se concertaient entre eux, s'adressa au jeune homme :

« Turpolpheap, dit-il, je désire que tu ailles encore une fois éprouver ma fille. J'irai moi-même écouter. Si la princesse répond à tes discours, si elle prononce seulement trois phrases, je te la donnerai pour épouse. »

Le Tevoda qui avait pénétré dans le cœur de Turpolpheap et lui donnait de l'esprit lui fit répondre :

« Je demande pardon à Votre Majesté ; son humble

esclave a entendu votre ordre. Mais il est peu convenable que moi qui ne suis qu'un homme du peuple je me permette d'aller éprouver la princesse, de lui adresser la parole. Ce serait manquer de respect envers le sang royal !

— Je te donne l'autorisation de lui parler selon ton cœur, répondit le roi. Garde-toi seulement d'employer la violence ! »

Turpolpheap prit congé du roi, et se rendit à la tour environné d'une foule de dignitaires qui voulaient assister à l'épreuve.

Il s'arrêta devant le perron, se disant tout haut à lui-même :

« Je connais les convenances ; il n'est pas permis d'entrer dans une maison si le maître de cette maison ne vous y a pas invité. Je ne puis pas pénétrer dans la tour ! Si l'on m'appelle, j'entrerai. »

Le Tevoda qui s'était caché dans l'escalier répondit :

« Je vous invite, Seigneur, à monter ; car moi, l'escalier, je vous prie de me fouler sans hésitation. »

Turpolpheap monta ; une fois dans la tour, il s'arrêta, disant :

« Je ne saurais m'asseoir sans en être prié ! »

Le Tevoda qui était dans la natte de la princesse répondit :

« Je vous invite, Seigneur, à venir ici vous asseoir sur moi qui suis une belle natte. »

Turpolpheap s'assit auprès de la princesse, mais celle-ci se détourna de lui.

Au bout d'un moment, Turpolpheap dit :

« J'ai grande envie de fumer une cigarette. Mais personne ne m'en offre ! »

Le Tévoda qui était dans la coupe ciselée glissa légèrement sur la natte jusqu'auprès du jeune homme, en disant :

« Je vous prie, Seigneur, de vouloir bien fumer une des cigarettes que je contiens. »

Turpolpheap ayant allumé une cigarette dit :

« Je sais raconter beaucoup d'histoires. Mais personne ne paraît vouloir les écouter !

— J'ai grande envie de les entendre, dit le Tevoda qui était dans le coussin. Je vous prie de raconter, Seigneur ! »

Turpolpheap dit :

« Il y a bien longtemps, quatre hommes habitant le pays khmèr se mirent en route ensemble pour aller apprendre des formules magiques et des incantations auprès d'un achar [1] qui vivait dans le royaume de Savothi, aujourd'hui appelé Birmanie.

L'un apprit les formules qui dirigent les flèches ; le

1. En sanskrit : Acharya, maître, celui qui enseigne.

second apprit l'art de hora, qui savent prophétiser l'avenir ; le troisième à pouvoir vivre sous l'eau ; le quatrième à ressusciter les morts.

Celui qui avait appris à diriger les traits tirait sans jamais manquer son but, même quand celui-ci était hors de portée de sa vue. Celui qui avait appris l'art des hora voyait comme avec ses yeux le futur et le passé, et non seulement ce qui était à la surface de la terre, mais ce qui avait été enfoui depuis la plus haute antiquité ; par ses calculs il pouvait tout découvrir ; rien ne lui restait caché. Celui qui avait appris à vivre sous l'eau pouvait rester immergé un jour entier sans être gêné. Celui qui avait appris à ressusciter pouvait rappeler à la vie tout homme, tout animal, fût-il mort depuis trois jours entiers.

Quand ils furent complètement instruits, ils prirent congé de l'achar et revinrent dans leur pays.

Un jour ils arrivèrent au bord d'un océan et s'arrêtèrent pour manger. L'un d'eux demanda au hora :

« Ferons-nous aujourd'hui quelque rencontre ? »

Le hora fit ses calculs et prédit :

« Au milieu du jour, nous verrons un intri[1] tenant dans son bec la fille d'un roi et volant en haut des airs. La jeune princesse est morte.

— Si ta prédiction se réalise, dit celui qui dirigeait les traits, je tuerai l'intri.

1. Aigle fabuleux.

— S'il tombe dans la mer, dit celui qui pouvait plonger, j'irai le chercher sous les eaux.

— Si la princesse est morte, dit le quatrième, je la ressusciterai. »

Quand le soleil fut au milieu de sa course, ils aperçurent l'intri à une très grande hauteur ; il paraissait grand comme la paume de la main.

Celui qui dirigeait les traits banda son arc, lança une flèche qui traversa l'intri de part en part. L'oiseau tomba dans la mer. Le plongeur alla chercher la jeune fille et la rapporta sur le rivage ; elle était morte en effet. Celui qui en avait le pouvoir la rappela à la vie.

Les quatre compères se disputèrent la princesse ; chacun prétendait qu'il avait à sa main plus de titre que ses compétiteurs.

Coussin, toi qui m'as demandé l'histoire, décide lequel des quatre avait raison ? »

Le Tevoda qui était dans le coussin répondit volontairement d'une façon erronée ; il dit :

« A mon avis, la jeune fille doit être à celui qui l'a ressuscitée ! »

Chonbatkalyani, entendant le coussin prononcer cette sentence injuste, le frappa de la main et dit :

« C'est faux ! La jeune fille doit être accordée au plongeur, car celui-là le premier l'a prise dans ses bras et a vu son corps découvert. Celui qui a tiré de l'arc doit être considéré comme le père de la princesse, car il l'a sauvée de l'anéantissement ; celui qui l'a ressuscitée sera sa mère, car c'est la mère qui donne la vie à l'enfant. Quant au hora, il sera le frère de la jeune fille, car il a seulement eu connaissance de sa venue, mais n'a pris aucune peine pour elle. »

Chonbatkalyani avait rendu une sentence certainement conforme à l'équité. Pendant qu'elle répondait à la question posée par Turpolpheap, les secrétaires notaient une parole.

Turpolpheap reprit la parole et dit :

« Je voudrais raconter une autre histoire ; mais je ne sais si quelqu'un désire l'entendre.

— J'ai grande envie de l'écouter ! dit la coupe ciselée. Parlez, Seigneur, je vous en prie.

— Il y a bien longtemps, dit Turpolpheap, il y avait un mari très jaloux. Il emmena sa femme sur une montagne couverte de forêts, débroussailla un espace qu'il mit en culture et vécut complètement isolé des autres hommes.

Au bout d'un certain temps sa femme mit au monde une fille. Quand l'enfant fut devenue une jeune fille, elle fut un jour aperçue par un homme qui passait par la forêt et qui s'éprit d'amour pour elle. Il la courtisa en secret tant et si bien qu'il finit par en faire sa maîtresse. Non content de cela, il devint aussi l'amant de la mère.

La mère et sa fille savaient l'une et l'autre qu'elles étaient toutes deux maîtresses de cet homme ; mais elles avaient toutes deux trop de torts pour oser se les reprocher mutuellement. Le mari jaloux ne savait rien. Il fut cependant pris de soupçon lorsqu'un jour il s'aperçut que sa fille était enceinte. Mais il ne savait que penser ; le cœur agité, il ne pouvait plus tenir en place ; tout le jour il allait chasser à l'aventure dans la forêt.

A la même époque, il y avait dans la même région un autre mari extrêmement jaloux. Celui-là était allé apprendre d'un achar des incantations qui lui donnaient le pouvoir d'avaler un être humain. Ce mari, où qu'il allât, avalait sa femme pour l'empêcher de se laisser séduire.

Un jour sa femme lui demanda comment il pouvait l'avaler ainsi :

« Je sais, répondit-il, une formule magique d'une grande puissance.

— Je voudrais l'apprendre aussi, dit la femme.

— Tu n'as que faire de l'apprendre !

— Si tu ne me l'enseignes pas, je vais me pendre ! »

Le mari aimait sa femme. Il lui enseigna la formule. Dès qu'elle l'eut exactement retenue, elle prit un amant, qu'elle avalait à l'approche de son mari ; celui-ci ne se doutait de rien.

Un jour, le mari dit à sa femme :

« Demain, au lever du jour, fais cuire du riz et fais-en avec soin un paquet, car je te mènerai rendre visite à ma mère qui ne te connait pas encore. »

Ayant dit, il s'endormit profondément. Le lendemain matin, il prit en bandoulière les provisions préparées, avala sa femme et se mit en toute hâte en chemin.

Au milieu du jour, il atteignit un étang situé au milieu d'une forêt inhabitée ; il s'arrêta à l'ombre d'un arbre, fit sortir sa femme de son estomac et se disposa à faire avec elle son repas. Toutefois avant de manger il alla se baigner dans l'étang. L'eau était très basse ; il s'éloigna du rivage cherchant la profondeur au milieu de l'étang.

Pendant ce temps sa femme fit remonter de son estomac son amant, se donna à lui, puis le fit rapidement manger et l'avala de nouveau lorsqu'elle entendit revenir son mari. Celui-ci mangea en compagnie de sa femme ; puis il l'avala et se mit en route.

La chasse avait amené en cet endroit l'autre jaloux qui soupçonnait sa fille ; il s'était caché dans un fourré et avait vu le mari cracher sa femme et aller se baigner ; puis la femme cracher son amant, se livrer à lui et l'avaler de nouveau ; il se dit :

« Voici un mari qui sait avaler sa femme, et malgré cela elle a un amant. Moi qui abandonne tout le jour

8

ma femme et ma fille, comment puis-je penser qu'elles sont chastes ? »

Il resta dans sa cachette ; il vit le mari revenir du bain, manger avec sa femme, puis avaler celle-ci et s'éloigner. Il fit un détour et vint à la rencontre du mari, à qui il demanda :

« Où allez-vous ?

— Je vais rendre visite à ma mère.

— Que cette rencontre en forêt soit le début d'une amitié durable. Camarade, venez vous reposer un moment chez moi ! »

Ils arrivèrent tous deux à la maison du chasseur, qui dit à sa fille :

« Mets vite du riz sur le feu, car voici un ami que j'amène. Dès que le riz sera cuit, apporte-le ; nous mangerons tous ensemble. »

La femme et la fille du chasseur préparèrent le repas et mirent quatre couverts, pour l'ami, pour le chasseur et pour elles-mêmes.

Le chasseur dit :

« Le couvert n'est pas complet, il faut le compléter pour qui est dans l'estomac de mon ami ! Crachez, mon ami ; que nous mangions tous ensemble. »

Le mari fut fort étonné. Comment cet homme savait-il qu'il avalait sa femme ? Il la fit sortir de son estomac ; la fille du chasseur apporta un bol de plus. Mais le chasseur de dire :

« Il manque encore un couvert, car la femme de

mon ami a encore un homme dans l'estomac ! Crachez-le, je vous prie, qu'il déjeune avec nous ! »

Le femme fut couverte de confusion. Mais elle ne pouvait nier ; elle cracha son amant sous les yeux de son mari. Celui-ci se voyant ainsi trompé ne voulut plus vivre ; il se priva de respirer et mourut. Sa femme fut prise de pitié pour son mari et de remords ; elle ne voulut plus vivre, se priva de respirer et mourut. L'amant, se reprochant d'être cause de ces deux morts, ne voulut plus vivre, se priva de respirer et mourut. Le chasseur, sa femme et sa fille, l'amant de ces deux femmes, survenu au même moment, se privèrent de respirer et moururent les uns après les autres, car chacun s'accusait des malheurs qui étaient arrivés : le chasseur se reprochait d'avoir dévoilé le secret qu'il venait de découvrir ; la femme et la fille se désolaient d'avoir préparé le repas qui avait retenu l'étranger ; l'amant de la jeune fille et de sa mère pensait qu'en faisant de ces deux femmes ses maîtresses il avait aigri le cœur du chasseur.

Je demande qui de tous les personnages de l'histoire est responsable. Coupe ciselée, prononcez le jugement. »

La coupe ciselée eut soin de donner une mauvaise réponse. Elle dit :

« Dans cette affaire la responsabilité incombe au chasseur, car ayant surpris un secret, il n'a pas gardé le silence ; il a mis au grand jour ce qui était ignoré ;

il a provoqué des colères et des confusions ; toutes les morts qui s'en sont suivies sont imputables au chasseur. »

Chonbatkalyani, entendant sa coupe ciselée émettre un avis contraire à la jurisprudence, lui donna une tape et dit :

« Nullement ! La responsabilité incombe aux femmes qui, ayant des amants, trompaient leur mari. Elles ont causé leur mort et doivent être considérées comme ayant tué leur mari. »

Le jugement de la princesse était parfaitement équitable ; les secrétaires notaient une deuxième parole.

Turpolpheap demanda encore si personne ne désirait entendre une autre histoire. Le bol d'or le pria de la raconter. Il le fit en ces termes :

« Il y avait autrefois quatre femmes qui habitaient au Siam. Elles se réunirent pour se mettre à la recherche d'hommes intelligents dont elles feraient leurs maris. Elles firent la rencontre d'un homme assez bien de sa personne qui leur demanda :

« Où allez-vous toutes quatre ?

— Nous cherchons des hommes intelligents pour les épouser, répondirent-elles.

— Moi, je suis à la recherche d'une femme intelligente pour en faire mon épouse. Nous venons à nous rencontrer ainsi ; peut-être est-ce notre destin de nous marier ensemble.

— Je vous accepte pour mari ! dirent ensemble les quatre femmes. Mais il faut que vous veniez me chercher chez moi.

— Où est votre demeure ? » demanda l'homme.

L'une des femmes montra ses cheveux ; la seconde montra ses sourcils ; la troisième montra ses seins ; la quatrième montra son sampot, puis elles s'en allèrent toutes quatre.

L'homme s'assit, s'efforçant de comprendre les énigmes posées par ces femmes, mais il ne put rien y comprendre. Il se mit à chercher leurs maisons, mais ne les trouva pas. Il vint à passer devant un condamné qui avait été mis en croix ; il poussait des cris lamentables et souffrait atrocement. Le supplicié lui dit :

« O Seigneur, j'ai soif. Faites-moi la charité de me donner un peu d'eau à boire. »

L'homme répondit :

« J'ai beaucoup de préoccupations ; je ne puis aller vous chercher de l'eau. Je cherche des énigmes que je ne puis résoudre.

— N'ayez pas d'inquiétude quant à vos énigmes ; je me fais fort de les résoudre. Donnez-moi seulement à boire. »

L'homme alla chercher de l'eau ; le crucifié but, puis demanda quelles étaient les énigmes. L'homme lui dit le geste qu'avait fait chacune des quatre femmes quand il leur avait demandé où elles habitaient. Le supplicié répondit :

« La femme qui vous a montré ses cheveux vous indiquait par là qu'elle demeurait dans la maison où l'on file la soie. Il y a une seule maison ici où ce travail soit fait ; il vous est aisé de la trouver. Celle qui vous a montré ses sourcils vous a indiqué que devant sa maison il y a une haie touffue ; celle qui vous a montré ses seins a planté auprès de sa demeure un pied de citrouille qui porte deux fruits. Enfin celle qui vous a montré son sampot habite dans la maison du tisserand. »

L'homme se mit à la recherche des femmes et les trouva toutes quatre sans aucune peine. Elles lui demandèrent :

« Avez-vous deviné nos énigmes tout seul, ou quelqu'un vous a-t-il aidé ?

— Le prisonnier mis en croix les a résolues, répondit-il. »

Les quatre femmes dirent :

« S'il en est ainsi, c'est le supplicié qui est intelligent ! Allons demander qu'on nous le laisse enlever et soigner. Quant à celui-ci, il n'est qu'un sot et nous ne le prendrons pas pour mari. »

Elles obtinrent la permission de détacher le prisonnier de la croix et le rapportèrent pour le soigner. L'une des femmes allait dans la forêt chercher des simples ; la deuxième allait chez les voisins demander du riz et du poisson pour nourrir le malheureux ; la troisième faisait la cuisine ; la quatrième pansait les plaies et veillait le blessé. Et il en fut ainsi jusqu'à ce que le prisonnier fût complètement guéri. Alors les quatre femmes se disputèrent l'homme qu'elles avaient soigné, chacune voulant le prendre pour mari à elle seule. La première disait :

« Si je n'étais pas allée cueillir des simples, comment aurait-on pu le soigner ?

— Et si je n'avais procuré le riz et les vivres, à quoi auraient servi tes drogues ? disait la seconde.

— Belle affaire d'avoir des vivres, repartit la troisième, si je ne les avais fait cuire !

— Si je n'avais pas lavé ses plaies à l'eau chaude, si je n'avais oint son corps de médicaments, si je ne l'avais soigné jour et nuit, dit la quatrième, tout le reste aurait été sans effet! »

Les quatre femmes se disputèrent tant et si bien qu'elles finirent par porter la question devant le tribunal. Mais je ne sais comment les magistrats la tranchèrent. Je te demande, bol d'or, de nous dire laquelle des quatre femmes devait avoir l'homme pour mari ? »

Le bol d'or répondit :

« Il doit être à celle qui a fait la cuisine ; car sans elle il n'aurait pu se nourrir et n'aurait pas vécu !

— Bol d'or, dit Chonbatkalyani, ton jugement est injuste ! Cet homme doit être donné pour mari à la femme qui lui a donné les soins, qui a lavé et pansé ses plaies, car cette femme a vu, a touché le corps de cet homme. Celle qui a fait la cuisine sera considérée comme la mère de l'homme, car c'est par ce genre de soins qu'une mère entretient la vie de son enfant. Celle qui allait cueillir les plantes médicinales tiendra lieu de père, car quand un enfant est malade, c'est au père à aller chercher les médicaments et appeler le médecin. Enfin celle qui allait demander des vivres sera la sœur aînée, car c'est à elle qu'il appartient, quand les parents sont en souci de leur enfant, d'assurer les approvisionnements nécessaires au jeune frère [1]. »

Chonbatkalyani ayant prononcé cette sentence parfaitement conforme à la justice ; les secrétaires notèrent une troisième parole.

Turpolpheap dit encore :

« Il y a une question que je voudrais résoudre ;

1. L'histoire des quatre femmes se disputant un homme a été donnée séparée à trois reprises par A. Leclère : deux fois dans ses contes laotiens (1 vol. chez E. Leroux, 1903) sous les titres : « Le voleur et les quatre femmes » p. 90), et : « Le supplicié et les quatre prostituées » (p. 164) et dans « Cambodge, contes et légendes », (libr. Bouillon, 1885) (p. 189) Les variantes ne touchent pas le fond de l'histoire.

si quelqu'un a assez d'intelligence pour le faire, je lui demande de m'éclairer, car cette énigme me préoccupe fort.

— Posez-la sans crainte, dit l'épingle d'or qui retenait la chevelure de la princesse. Je résous sans jamais me tromper toutes les énigmes.

— Celle-ci est une grave question ; elle a trait à la mort :

Lorsqu'un être humain vient à mourir, que devient son âme ? Est-il vrai qu'elle vienne se réincarner et vivre une nouvelle existence ? »

L'épingle d'or répondit :

« Quand un être humain meurt, il est complètement mort ; il ne reprend vie nulle part. Et mon affirmation est facile à contrôler : qui a jamais vu un mort renaître ? On peut interroger tous les hommes de la terre, jamais aucun d'eux ne pourra répondre : « Autrefois, dans une existence antérieure, j'ai vécu sous telle forme, dans tel pays ; lorsque j'ai quitté le corps que j'avais alors, je suis venu me réincarner ici. » Certes nul être humain ne peut prétendre avoir de tels souvenirs. J'en conclus que la mort nous détruit entièrement ! »

Chonbatkalyani fut indignée d'entendre cette réponse ; elle enleva avec colère son épingle d'or et la jeta sur la natte, l'apostrophant ainsi :

« Épingle d'or, tu es d'une stupidité extrême. Tenir un pareil discours est un très grand péché. Buddha, notre Maître, nous le répète dans son enseignement : nous venons sur la terre dans une existence charnelle ; la série de nos incarnations successives est infinie ; nos naissances et nos morts se succèdent continuellement. Mais dès l'instant où nous avons pris vie dans le sein de notre mère, nous oublions tout notre passé, nous ne savons plus d'où nous venons, notre mémoire est absolument vide. Au moment où la mort de notre corps terrestre remet notre âme en liberté, celle-ci perd de nouveau la mémoire de toute existence antérieure. Aussi longtemps que nous nous réincarnons, que nous menons des existences successives, il ne nous est pas permis de conserver le souvenir d'un état dans un autre. Si un jour nous parvenons à la connaissance suprême de Buddha, alors seulement nous retrouverons la mémoire de toutes nos vies successives.

Le Seigneur a prescrit que dans nos vies humaines nous nous efforcions de faire des œuvres pies et d'être charitables. Par faire des œuvres pies, on entend construire des pagodes, sculpter des Buddha, faire des offrandes, ou toutes choses qui sont de la religion ; faire œuvre pie est encore : soulager ceux qui souffrent, aider à mettre fin aux misères, soigner les malades, venir en aide aux prisonniers.

Être charitable consiste à donner aux pauvres.

Celui qui a vécu charitable et adonné aux œuvres, se réincarne dans un beau corps, appartient à une famille respectée, est doué d'intelligence, et reçoit autorité sur les hommes, car il est digne de les commander ; il jouit de grands biens.

Autour de nous, nous voyons des êtres qui sont des hommes au même titre que nous-mêmes. Comment expliquer que les uns soient puissants, d'autres comblés de richesses, d'autres doués de qualités physiques, tandis que d'autres sont misérables ou laids à voir ? C'est le résultat des existences antérieures, punies ou récompensées dans l'existence actuelle. »

Chonbatkalyani fut interrompue dans son discours par les tamtam et les gongs frappés de toutes parts, car pendant qu'elle parlait les secrétaires avaient noté quatre paroles. La princesse se tut aussitôt.

Turpolpheap lui dit alors :

« Chonbatkalyani, ô la plus belle des princesses, je suis venu vous rendre visite dans votre demeure ; mais vous ne m'avez pas adressé une parole courtoise. Votre escalier, votre natte, votre coupe ciselée, votre bol d'or, votre coussin, votre épingle à cheveux, qui sont des objets inanimés, m'ont tous accueilli de façon gracieuse. Vous, princesse, vous n'avez aucun égard pour moi. Je suis cependant de tous les hommes celui que la destinée a le plus heureusement marqué ; mais puisque vous vous détournez de moi, je vous demande la permission de me retirer. »

En parlant ainsi, il se levait de la natte et faisait

un pas vers la porte ; mais Chonbatkalyani l'arrêta par ces mots :

« Ne vous hâtez pas de partir ! Attendez, je vais vous parler [1]. »

Les tamtam et les gongs se firent entendre à nouveau, car les secrétaires venaient de noter cinq paroles.

Le roi Promteat fut dans une grande joie. Il célébra par des fêtes magnifiques le mariage de Chonbatkalyani avec Turpolpheap, dont il avait changé le nom, lui donnant celui de Sovanbotum [2] ; il lui conféra la dignité d'Obbarach.

Après de longues années, Sovanbotum succéda à son beau-père sur le trône de Peareanosey.

On demandera sans doute : est-il possible que Turpolpheap, pour avoir une seule fois tenu sa parole, ait acquis un tel mérite qu'il ait été élevé au trône ?

---

1. L'incident de la princesse silencieuse est reproduit par A. Leclère dans la courte histoire de neang Panhcha Kalyaney (contes laotiens, p. 160 et 167) avec d'assez profondes variantes. Dans ce conte laotien, le prétendant est un prince ; il reproche à la jeune fille de ne pas lui avoir répondu : « Je suis le fils d'un roi régnant ; elle n'a pas plus répondu à ce que je lui ai dit que sa boîte à bétel ! — La princesse s'élance vers le prince, le prend entre ses bras et lui dit des choses très agréables et très sages ». Combien est mieux traitée dans le conte cambodgien l'attitude de la princesse.

2. Lotus d'or.

Nous répondrons : certes non. Mais Sovanbotum et Chonbatkalyani, qui étaient mari et femme, accomplirent beaucoup de bonnes œuvres et furent très charitables pendant un grand nombre d'incarnations successives. Lorsque prendra fin la série de leurs existences encore à venir, il est certain qu'ils deviendront Buddha à leur tour.

Mais, demandera-t-on encore, comment se fait-il que ces deux êtres se soient incarnés sous forme de perdrix ?

Voici la raison :

Dans une existence antérieure ils étaient hommes, mari et femme, habitant le pays de Langka [1]. Il se produisit une famine ; les deux époux allèrent chercher des tubercules. Mais la forêt était très épaisse et presque impénétrable. Ils y mirent le feu ; un couple de tourterelles avec deux petits furent brûlés ; Sovanbotum et Chonbatkalyani se réincarnèrent dans des perdrix. Les tourterelles devenues chasseurs mirent le feu à la forêt et firent mourir dans les flammes les perdrix. La peine de nos mauvaises actions n'est pas punie dans une réincarnation, mais au cours de centaines et de centaines de vies successives.

1. Ceylan.

LA FONDATION D'ANGKOR

LA FONDATION D'ANGKOR

EN l'an 600 de l'ère de Buddha, un Chinois nommé Lim Seng vivait dans la province de Changai. Lim Seng avait cinquante ans ; il se trouvait dans une grande misère. Ayant emprunté six barres d'argent à un négociant, il s'était mis en servitude pour dette chez son créancier ; celui-ci lui avait assigné comme tâche de défricher et de mettre en culture un terrain situé sur le bord du fleuve. Lim Seng, à la saison où toutes sortes de fleurs étaient écloses, en faisait chaque jour une ample moisson qu'il apportait à son maître.

Un jour, cinq devi habitant le palais d'Indra prirent leur vol et vinrent s'ébattre sur la terre. Elles aperçurent le jardin tout fleuri de Lim Seng et y entrèrent. L'une d'elles, nommée Dibsodacan, cueillit six fleurs dont le parfum la charmait. Ses sœurs errèrent dans le jardin sans couper de fleurs. Au retour dans leur divin séjour, elles dévoilèrent à Indra le larcin de Dibsodacan. Indra interrogea la coupable et la condamna à redescendre sur terre où, pendant six ans, elle vivrait de la vie humaine et serait la femme de Lim Seng.

Dibsodacan, honteuse et désespérée, prit son vol, se rendit auprès de Lim Seng, lui avoua qu'elle lui avait dérobé six fleurs.

« En punition, dit-elle, Indra m'ordonne d'être six ans votre femme.

— Je suis dans la misère, répondit Lim Seng; je ne puis vous prendre pour femme. Mon maître est dur ; à peine me donne-t-il ma propre nourriture, et quelle nourriture !

— N'importe ! Je vous aiderai ; je vous apprendrai des arts inconnus. Si vous ne me preniez pas pour femme, comment serait exécutée la sentence d'Indra? Ayez pitié de moi ! »

Lim Seng accueillit Dibsodacan à son foyer. Il était fier de cette devi plus belle que toute femme. Bientôt un grand amour l'enflamma pour elle.

Dibsodacan, ayant vécu avec lui pendant quelques mois, constatant les difficultés de sa vie et l'honnêteté de son cœur, le prit en pitié.

« Combien avez-vous emprunté ? demanda-t-elle.

— Six barres d'argent.

— Lorsque vous avez emprunté six barres, vous viviez seul. Maintenant, allez demander quatre barres de plus et je serai en servitude avec vous. Nous ferons fructifier l'argent que vous allez obtenir. »

Lim Seng se rendit auprès du négociant, son créancier, et obtint les quatre barres qu'il demandait. Il les apporta à Dibsodacan.

Elle pria Lim Seng de lui acheter de la soie pour quatre barres d'argent. Il lui apporta vingt livres de cocons ; Dibsodacan les fila, puis se mit à tisser toutes sortes d'étoffes : des soies brochées de feuillages, des soies brodées d'animaux, des dessins innombrables ; elle fit des tissus admirables, dépassant en beauté tout ce qui était alors connu des hommes. Puis elle chargea son mari d'apporter toutes ces soies à leur maître. Le négociant tâta les étoffes ; il fut plongé dans l'admiration. Jamais personne n'avait su tisser ainsi. Il fit à Lim Seng de grands compliments et dans sa joie lui donna cinquante barres d'argent, lui remettant de plus sa dette antérieure. Il envoya de nombreux élèves apprendre de Dibsodacan l'art de tisser la soie. Dibsodacan se mit à acheter des cocons par piculs [1], enseignant tout le jour à ses élèves. Lim Seng s'enrichit rapidement et devint puissant et considéré.

Au bout d'un an, Dibsodacan mit au monde un garçon. Cet enfant était très remuant. Dès qu'il put ram-

1. Picul — mesure commerciale valant environ 60 kilogrammes.

per, il creusait dans la terre des remparts ; lorsqu'il put se tenir debout, il dessina sur le sol des animaux et des hommes. Toujours il traçait des images sur la terre. Jamais il n'était inactif mais sans cesse en mouvement. Pour cette raison, sa mère l'appela Popusnokar [1].

Quand cet enfant atteignit l'âge de cinq ans, la peine de Dibsodacan arriva à son terme, les six années de son séjour terrestre étant révolues. Elle cueillit six fleurs qu'elle déposa sur son oreiller et s'envola vers son divin séjour.

Lorsque vint l'heure du repas, Lim Seng, étonné de ne pas voir venir sa femme, entra dans sa chambre. Il aperçut les six fleurs et comprit leur symbole. Il fondit en larmes, désespéré du départ de Dibsodacan ; tous les voisins s'unirent à sa détresse. Popusnokar, courant partout à la recherche de sa mère, l'appelait d'une voix déchirante et sanglotait avec son père.

Dans le royaume du Cambodge, le roi Pudesraja [2] mourut sans enfants. La descendance du roi Khma

1. Le sens de ce mot m'embarrasse. Sous les plus grandes réserves, je me demande s'il ne pourrait venir de Bhâta, brillant, étincelant, et Nagara, ville. Le verbe Bhâ, briller, étinceler, perd à certains temps son aspiration : parfait Babhau. Mais cette étymologie est d'autant plus incertaine que l'orthographe donnée par les scribes cambodgiens au nom de ce personnage est variable ; les uns écrivent Popusnokar, d'autres Proh Pus nokar.

2. Ce nom paraît être purement légendaire.

Prah Thong[1] s'éteignait. Il ne restait que Krong Huv[1] et Kray Huv[1] qui fussent de sang royal ; la succession au trône se trouva vacante.

Un jour, un malheureux qui ne gagnait sa vie qu'à ramasser dans la forêt des fagots de bois à brûler fut surpris par une pluie torrentielle. Il se réfugia dans une cabane élevée aux génies.

Indra, le roi des deva, prit la forme de deux coqs, l'un blanc, l'autre noir. Le coq noir se posa sur la maîtresse poutre de la cabane ; le coq blanc se posa sur le toit. Au bout d'un moment le coq blanc chanta. Le coq noir, parlant le langage des hommes, dit :

« Qui donc se permet de chanter ainsi au-dessus de ma tête ? Eh, quelle est ta puissance ?

— Je suis très puissant, répondit le coq blanc. Si un homme mange ma chair, il montera sur le trône. »

Le coq noir repartit :

« Si un homme mange ma tête, il sera roi des bonzes. Si une femme mange ma cuisse, elle sera reine. Si un homme mange ma poitrine, il règnera. Ne me traite donc pas avec mépris ! »

Le coq blanc s'envola ; le coq noir resta sur la poutre. L'homme s'approcha sans bruit, saisit le coq noir, le tua et l'emporta dans sa hutte. A voix basse, il rapporta à sa femme le secret qu'il avait surpris. Elle, au comble du bonheur, fit cuire le coq, le disposa sur un

1. Ces noms paraissent être purement légendaires.

plateau et se mit en devoir de le manger. Mais son mari lui dit :

« Nous voici sur le point de porter la couronne. Emportons cette chair au bord de la rivière, délassons-nous en prenant un bain ; puis nous revêtirons des vêtements propres et nous mangerons ce coq. »

L'homme et la femme descendirent à la berge, posèrent le plateau au bord de l'eau et s'ébattirent joyeusement dans la rivière. Lorsqu'ils revinrent sur la rive, ils ne retrouvèrent pas le plateau ; les remous l'avaient entraîné dans le courant ; il avait disparu.

Un cornac nommé Tar avait ce jour-là mené ses éléphants se baigner dans la rivière. Il vit ce plateau flotter vers lui. Très surpris, il prit le plateau et l'alla montrer au chef de la bonzerie. Le bonze reconnut la nature du coq. Il prit la tête et la mangea ; il offrit à Tar la poitrine et donna la cuisse à Vong, femme de Tar, mais il ne leur dit rien.

Tar et Vong rentrèrent chez eux.

L'homme et la femme qui avaient perdu le plateau le cherchèrent en vain ; pensant qu'il leur avait été dérobé, ils s'accablèrent mutuellement d'injures.

Trois jours après, les ministres se réunirent en conseil.

« Voici longtemps, dirent-ils, que notre royaume est privé de roi. Caparaçonnons des éléphants et invoquons les deva. Que les éléphants aillent d'eux-mêmes se prosterner devant celui qui est digne du trône, le mettent sur leur tête et l'amènent ici. Nous préparerons aussitôt le couronnement. »

Les éléphants, richement ornés, furent lâchés en liberté. Ils se dirigèrent vers Tar et Vong, se prosternèrent devant eux, les mirent sur leur tête et les ramenèrent au palais. Les ministres préparèrent les fêtes du couronnement selon la coutume. Tar prit le nom de règne de Devunagschar [1].

Krong Huv et Kray Huv furent irrités. Ils se transportèrent à Bakan, dans la province de Bodhisattva [2], y construisirent un palais et refusèrent de se soumettre au nouveau roi.

Indra, voyant la reine sans enfants, dit :

« Je vais donner à Vong un fils de ma propre race qui perpétuera la dynastie des rois cambodgiens. »

Un jour, la reine étant sortie du palais, Indra s'envola dans les airs. Les hommes ne distinguèrent aucune forme mais virent une immense lumière bleue descendant à travers l'espace. Ils se mirent à crier :

« La lumière qui tombe ! »

Indra fit descendre sur le corps de la reine une pluie de fleurs tressées en guirlandes et disparut.

Vong devint enceinte et mit au monde un fils qu'elle

---

1. Ce nom paraît être purement légendaire.
2. Pursat.

nomma Prah Kèt Mealea [1], ce qui signifie : Lumière fleurie.

Popusnokar avait cherché sa mère de tous côtés et ne savait où elle s'en était allée. Une amère tristesse envahit son cœur.

Jusqu'à dix ans, il s'était appliqué à l'étude. Un jour, il demanda à son père :

« Qui donc était ma mère ?

— Ta mère était une devi. Elle n'était venue vivre sur terre que pendant six années, puis elle est retournée à sa divine demeure. Cette demeure est fort éloignée, je ne sais où elle se trouve ! »

L'enfant garda le silence ; mais sa pensée n'était occupée que de sa mère. Il décida de se mettre à sa recherche, dût-il succomber aux fatigues du chemin. Son père eut beau faire, il ne put le détourner de ce projet ; Popusnokar se mit en route, traversant

---

1. M. Aymonier voit dans Prah Ket Mealea le nom légendaire de Jayavarman II qui régna sur le Cambodge de 802 à 869 de notre ère. Il nous apprend que, selon l'inscription de Sdok Kok thom, ce roi vint de Java. Il ne serait donc pas né au Cambodge comme le dit la légende.

Pour M. Bergaigne, Jayavarman II serait Mahapatívarman, fils de Rajendravarman I dont les dates de règne nous sont encore inconnues ; nous ignorons également les prédécesseurs immédiats de Rajendravaman Ier.

M. Georges Maspero pense qu'en Prah Ket Melea les Cambodgiens résument le souvenir des grands rois bâtisseurs du Cambodge.

plaines et forêts, se nourrissant de fruits sauvages ; ses vêtements s'en allèrent par lambeaux. Mais le destin lui était favorable. Un jour, des devi étaient venues se récréer sur une montagne boisée ; parmi elles était Dibsodacan qui faisait un bouquet de fleurs forestières.

Popusnokar aperçut ces femmes si belles ; il pensa :

« Voici bien des années que j'ai dépassé les régions habitées par les hommes ; voici bien des années que je n'ai rencontré aucun être humain. Mes vêtements sont tombés en pièces sans qu'il soit possible de les remplacer. Je ne suis vêtu que de feuilles cueillies aux arbres. Soudain j'aperçois des femmes en groupe nombreux ; toutes sont d'une beauté surnaturelle. D'où pourraient-elles être venues jusqu'ici ? Ne sont-elles pas des devi ? »

Popusnokar se cacha ; lorsque les femmes furent proches, il fit cette incantation :

« Si toutes ces femmes sont des devi et que ma mère ne se trouve pas parmi elles, qu'elles prennent leur vol et retournent dans leur demeure. Mais si l'une d'elles est ma mère, je demande qu'elle soit empêchée de s'envoler avec ses compagnes ! »

Popusnokar s'élança dans la clairière où s'ébattaient les devi. Surprises par l'apparition de cet enfant des hommes, elles s'envolèrent en hâte ; mais Dibsodacan ne put s'enfuir. Popusnokar se précipita vers elle et la prit dans ses bras, la serrant de toutes ses forces. Dibsodacan fut saisie d'angoisse.

« Hélas ! gémit-elle, quelle malédiction s'appesantit à nouveau sur moi ? A peine suis-je délivrée de ma condition humaine, voici qu'un homme me saisit à nouveau !

— Ma mère, ma mère, je suis ton fils ! Lorsque ma mère eut disparu, le désespoir s'est emparé de moi, je n'ai fait que pleurer, je te cherchais partout, nulle part je ne t'ai retrouvée. Mon père Lim Seng est entré dans ta chambre ; il a trouvé six fleurs sur l'oreiller et a compris que tu étais retournée à ton existence divine. Son chagrin a été profond au delà de toute expression. Tous nos voisins pleuraient avec nous. La pensée de te retrouver n'est jamais un instant sortie de mon cœur. Dès que mes forces ont été suffisantes, j'ai pris congé de mon père et me suis mis à ta recherche. Je pensais mourir d'épuisement. Maintenant j'ai retrouvé ma mère ! Je te supplie de revenir avec nous ! »

Dibsodacan reconnut que l'adolescent qui la tenait embrassée était bien vraiment son fils, car ses paroles étaient convaincantes. Elle se mit à pleurer de compassion et lui dit :

« Mon enfant, ta mère n'a point d'aversion pour ton père. Constamment elle a pensé à toi-même et à lui ; son souvenir est resté fidèle à tous les hommes au milieu de qui elle a vécu. Mais elle est une devi et ne peut vivre d'une vie humaine. Chaque jour elle doit aller remplir ses fonctions auprès du divin Indra dont elle implore pour toi et ton père les bénédictions. Chaque jour, elle lui demande de répandre le bonheur sur toute la région. Mon enfant, ta mère ne peut pas retourner vivre avec vous. Mais voici que tu m'as cherchée et que tu m'as retrouvée. Ta mère va prendre son enfant et le mener une fois dans sa demeure divine. Tu vas te baigner dans les eaux parfumées du bassin qui se trouve dans le jardin d'Indra et qui te laveront de ton odeur humaine, puis je te conduirai au palais et présenterai mon fils à Indra. »

Dibsodacan donna son écharpe à Popusnokar qui s'en revêtit, rejetant son vêtement de feuillage. Puis, prenant son enfant sur sa hanche, elle l'emporta à travers les airs. Elle le baigna dans l'onde parfumée, le conduisit dans sa demeure où elle lui fit revêtir des vêtements convenables, le rassasia de célestes aliments et se dirigea avec lui vers le palais d'Indra. Le cœur de Popusnokar débordait de joie. Mais lorsqu'il pénétra dans la salle d'audience, il fut tellement impressionné par la beauté ineffable du lieu et par son mystère qu'il ne put se soutenir ; ses jambes fléchirent, il tomba évanoui sur le sol. A ce moment, Indra sortant de son palais vint à passer.

« Quel est cet homme que tu amènes dans mon palais ? demanda-t-il à Dibsodacan.

— C'est mon fils, le fils qui m'est né lorsque j'ai vécu sur la terre, mariée à Lim Seng.

— Adolescent, lève-toi ! commanda Indra.

Popusnokar reprit ses sens, se prosterna devant le roi des deva. Indra le fit entrer dans son palais et lui posa mille questions sur la région qu'il habitait sur terre. Les réponses de Popusnokar le satisfirent grandement.

« Mon fils, dit en se prosternant Dibsodacan, est particulièrement ingénieux à tracer des figures, à sculpter, à construire des temples ou des forteresses qui font l'admiration des hommes. Toutefois, il n'a jamais eu de maître et ne fait ces choses que selon sa propre inspiration.

— Un homme qui sait sans maître est comparable à un aveugle ! repartit Indra. Il progresse tout seul et ne peut prendre conseil. S'il en est ainsi, ton fils devra se joindre aux devaputra de mes ateliers. Sous leur direction, il apprendra à exécuter les travaux les plus divers et retournera ensuite dans le monde des hommes, car il ne peut, dans sa condition humaine, rester ici à demeure. »

Popusnokar se rendit auprès des devaputra spécialisés dans les arts et les constructions. Il apprit à dessiner, à sculpter, à faire de la musique ; il sut construire des navires qui naviguent en terre ferme ; il cisela l'or et l'argent, forgea le fer ; il connut des solutions qui, répandues sur la glaise, la transforment en pierre. Il retenait tous les enseignements des devaputra. Ceux-ci l'encourageaient d'élogieuses paroles.

« Les travaux que tu sais faire maintenant pourront durer des milliers d'années, alors que les nôtres ne durent qu'un règne ; si un roi monte sur le trône et nous confie la construction d'un temple, nous le construisons en un instant ; mais le jour où ce roi vient à mourir, le temple disparaît au même moment. Ta puissance est donc supérieure à la nôtre. »

Les devaputra rendirent compte à Indra des résultats remarquables de l'éducation de Popusnokar. Indra s'en réjouit et décida que Popusnokar serait désormais l'éducateur de tous les hommes appartenant à la religion buddhique.

« Tout constructeur humain sera tenu de faire une offrande à Popusnokar, consistant en un plateau sur lequel il placera une bouteille d'alcool, un bat d'argent, quatre morceaux de bananier portant des feuilles de bétel et des noix d'arec, cinq coudées de toile blanche, un bol de riz et une bougie. Si un homme entreprend un travail de quelque importance et ne fait pas cette offrande à Popusnokar, que ses yeux se ferment à la lumière du jour, qu'une taie les couvre. »

Tandis qu'il parlait ainsi, Indra vint à penser à Prah Kèt Mealea. Il se transporta à travers les airs au pays du Cambodge. Il faisait nuit sur la terre. Les hommes, éblouis par une lueur éclatante, se demandaient ce qui pouvait ainsi embraser le ciel. Indra descendit dans le temple royal ; les gardiens coururent prévenir le roi Devungaschar.

« Un être inconnu est descendu des cieux. Il a l'apparence d'un homme, sa couleur est bleue, il brille comme du feu, il est entré dans le temple royal. »

Devungaschar se dirigea au plus vite vers le temple et reconnut Indra. Il se prosterna devant lui.

« Roi Devungaschar, demanda Indra, connais-tu mon fils ?

— Je ne le connais pas !

— Comment est né Prah Kèt Mealea ?

— Une lueur bleue a envahi le ciel, puis des guirlandes de fleurs sont tombées sur la reine, qui par la suite se trouva enceinte.

— Enceinte de mon fils, dit Indra.

Devungaschar appela Prah Kèt Mealea. Indra le prit et le fit asseoir sur sa cuisse. Il lui dit :

« Autrefois, je m'appelais Makhmanubbh [1] ; j'ai construit des routes et des digues, des sala et des ponts ; j'ai distribué mes richesses aux pauvres ; en récompense, je suis devenu Indra. J'ai pris en pitié le royaume cambodgien ; parce qu'il est de fondation récente, aucun homme puissant n'y est né jusqu'ici. C'est pourquoi je t'ai engendré, pour te donner longue

---

1. Sanskrit : Makha, vigoureux ; Manusa, homme (?).

et heureuse vie. Mais les hommes, en ce temps, vivent peu d'années ; rares sont ceux qui atteignent l'âge de cent ans. Je vais t'emporter dans mon palais et te baigner dans un bassin qui te fera vivre une longue existence. »

Indra prit sur sa hanche Prah Kèt Mealea, l'emporta dans son royaume divin. Dans les jardins, il y avait un bassin. Pendant sept jours, Indra y plongea Prah Kèt Meala sept fois par jour ; ensuite, il le fit entrer dans son palais. Il invita sept Brahma à venir réciter des incantations et à faire des aspersions sur Prah Kèt Mealea pour lui donner une vie de quatre cents ans.

Ces cérémonies accomplies, Indra fit atteler son char divin ; il confia Prah Kèt Mealea à ses cochers qui le conduisirent en volant autour du palais pour lui en montrer les beautés.

Lorsqu'il eut tout contemplé autant qu'il le désirait, Prah Kèt Mealea se fit ramener aux célestes écuries. Indra lui demanda :

« Es-tu content de ce que tu as vu ?

— Je suis émerveillé !

— Je te donne le royaume du Cambodge. Si tu as vu ici un monument que tu désires reproduire, dis-le selon ton cœur. Je t'enverrai un architecte qui le construira dans ton royaume. »

Prah Kèt Mealea n'avait que douze ans ; il était très intimidé devant Indra. Il réfléchit :

« Dans mon royaume, je ne puis rien faire qui soit aussi beau que le palais d'Indra ; si je voulais m'égaler à lui, il serait mécontent. »

Il dit alors :

« Je voudrais faire construire un édifice aussi beau que votre étable à bœufs ! »

Indra se mit à rire.

« Cette étable est belle à tes yeux ? »

Il appela Popusnokar et lui dit :

« Tu es de race humaine, tu ne peux rester dans ces lieux. Je vais t'envoyer dans le Cambodge, où tu construiras le palais de mon fils ; tu le feras aussi beau que mon étable à bœufs. Lorsque tu l'auras construit, je descendrai sur la terre pour présider au couronnement de mon fils et le comblerai de gloire. »

Lorsque Popusnokar eut bien examiné l'étable, Indra fit atteler un de ses chars sur lequel il fit monter Prah Kèt Mealea et Popusnokar, et les fit conduire sur la terre cambodgienne.

Popusnokar se mit aussitôt en devoir de commencer la construction de l'édifice royal ; c'était en l'an 620 de l'ère buddhique. Il fit creuser des fossés, accumuler la terre qui en provenait et mouler sur toute la surface des sculptures de toutes sortes.

Le fils d'un chef de village, appelé Sovan, travaillait sous les ordres de Popusnokar. Lorsque Sovan fut en état de diriger les travaux, Popusnokar s'embarqua sur une jonque pour aller à la mer chercher des coquillages dont il ferait la chaux pour enduire le monument. Lorsque au retour il atteignit Somronsèn, dans la province de Kompong Leng, la jonque coula. Popusnokar fit renflouer le bateau mais abandonna les coquillages dont il était chargé. C'est pour cela que maintenant encore on trouve une si grande accumulation de coquilles enterrées dans le sol à Somronsèn ; depuis d'innombrables années les habitants de cette région emploient ces coquilles pour faire de la chaux et n'ont pas épuisé la quantité qui est encore considérable de nos jours.

Popusnokar repartit pour la mer avec de nombreuses jonques, rapporta un grand chargement de coquilles et en fit une quantité considérable de chaux. Puis il arma trois jonques pour aller chercher des graines de sésame. Une tempête fit chavirer une des jonques à Komnhanthom, à l'est de Dontri. Popusnokar fit jeter la cargaison du bateau et pétrifia les graines de sésame abandonnées dont le tas forma une île. C'est pour cela que, de nos jours encore, la terre de l'île Komnhan est noire comme la graine de sésame sans qu'aucune autre terre s'y soit mélangée.

Des graines qui chargeaient les deux jonques restantes, Popusnokar fit une préparation dont il enduisit le monument de terre qu'il avait fait construire. La terre se transforma aussitôt en pierre.

Popusnokar ne construisait pas, comme nous le faisons, en établissant des échafaudages et en dressant les colonnes une à une. Il construisit tout ensemble un monument à cinq tours entièrement en terre et l'enduisit en entier de la solution qui le transforma en pierre. C'est pourquoi dans les voûtes mêmes des toitures on ne voit ni poutres ni chevrons.

Lorsque la construction fut achevée, il peignit les sculptures de couleurs appropriées ; le monument était admirable et en tout semblable aux étables d'Indra.

Prah Kèt Mealea, dans l'admiration, félicita Popusnokar et l'employa à construire un grand nombre de monuments tous ornés de sculptures merveilleuses.

Indra, escorté de deva innombrables, vint sur la terre, versa sur son fils l'eau du couronnement. Il lui donna le nom de Arothpulpearso Prah Kèt Mealea, et il appela le Cambodge de son nom actuel.

Les fêtes du couronnement terminées, Indra retourna dans son divin séjour avec les deva qui l'accompagnaient.

Par la suite Prah Kèt Mealea remarqua qu'une des tours d'Angkor n'était pas d'aplomb. Il enjoignit à Popusnokar de la redresser. Celui-ci répondit :

« Que Votre Majesté envoie une femme frapper la tour avec une citrouille mûre et elle se redressera ! »

Prah Kèt Mealea, fort en colère, s'écria :

« Comment peux-tu parler de redresser avec une citrouille cette tour qui est en pierre ? »

Popusnokar se fâcha à son tour et répondit :

« Si Votre Majesté ne me croit pas, que la tour reste

inclinée ! Et à l'avenir, que toutes les tours du genre de celle d'Angkor soient inclinées comme celle ci. »

A quelque temps de là, Prah Kèt Mealea livra à Popusnokar trois piculs de fer et lui ordonna de lui forger une épée, insigne de sa puissance.

Popusnokar fondit le fer et n'en prit que la partie la plus dure ; des trois piculs de fer il ne retira que la quantité nécessaire pour faire une petite épée dont la lame était aussi mince qu'une feuille de riz, mais le tranchant en était tel que si, avec cette épée, on fendait un homme en deux, il ne s'apercevait pas qu'il était fendu ; il avait l'impression que le coup l'avait manqué ; il pouvait parler comme devant. Mais si on le poussait, il tombait en deux morceaux. Si on remplissait d'eau une jarre de terre, on pouvait couper la jarre en deux sans qu'une goutte d'eau se répande ; ce n'est que lorsqu'on touchait la jarre qu'elle se partageait en deux et que l'eau s'écoulait.

Popusnokar trempa cette épée avec le plus grand soin et vint la présenter à Prah Kèt Mealea.

Le roi entra dans une violente colère et fit d'amers reproches à Popusnokar devant tous les dignitaires :

« Tu as volé pour ton propre usage le fer que je t'ai confié ! C'est pour cela que cette épée est si petite ! »

Popusnokar, furieux, répondit :

« Je ne reste pas au Cambodge, je vais retourner en Chine ! »

Il s'éloigna traînant derrière lui l'épée dont il avait tourné le tranchant vers le plancher.

Lorsqu'il fut sorti, on s'aperçut que les planches sur lesquelles avait passé l'épée étaient toutes sectionnées. Prah Két Mealea envoya aussitôt appeler Popusnokar et lui fit demander l'épée. Popusnokar refusa et la jeta dans le Grand Lac. Ensuite, il s'embarqua sur une jonque et mit à la voile. Il alla se fixer en Chine, son pays natal, et instruisit les hommes.

Telle est l'histoire de Popusnokar ; peu d'hommes la connaissent et, parce qu'ils l'ignorent, ils parlent à tort et à travers, prétendant que ce sont les deva qui ont construit Angkor.

TABLE

Abbeville, F. Paillart, imprimeur-éditeur.

ABBEVILLE. — IMPRIMERIE F. PAILLART.

www.ingramcontent.com/pod-product-compliance
Ingram Content Group UK Ltd.
Pitfield, Milton Keynes, MK11 3LW, UK
UKHW031902260826
14628UKWH00002B/928

9 782329 082240